CLAUDINE S'EN VA
JOURNAL D'ANNIE

COLETTE

ALICIA ÉDITIONS

PRÉAMBULE

En tant qu'éditrice, j'ai eu le privilège de redécouvrir l'œuvre de Colette et de constater l'incroyable talent qui se cachait derrière le pseudonyme de Willy. Les romans de la série des Claudine, initialement attribués à Henri Gauthier-Villars, alias Willy, révèlent une écriture sensible, moderne et profondément féminine qui ne pouvait être l'œuvre que d'une seule personne : Colette.

Les recherches historiques et littéraires ont indubitablement établi que Colette était la véritable auteure de ces romans. C'est pourquoi, consciente de l'importance de rendre justice à une écrivaine majeure, j'ai pris la décision de ne créditer que Colette sur les nouvelles éditions de ces œuvres.

Cette décision s'inscrit dans une volonté de rétablir la vérité historique et de permettre à Colette de briller de son propre éclat. En effet, pendant longtemps, l'ombre de Willy a occulté le talent exceptionnel de Colette, reléguant au second plan une voix singulière et novatrice dans le paysage littéraire français.

En créditant Colette en tant qu'auteure unique des « *Claudine* », je contribue à faire connaître et reconnaître l'une des figures les plus marquantes de la littérature française du XXe siècle.

Alicia ÉDITIONS

Il est parti ! Il est parti ! Je le répète, je l'écris, pour savoir que cela est vrai, pour savoir si cela me fera mal. Tant qu'il était là, je ne sentais pas qu'il partirait. Il s'agitait avec précision. Il donnait des ordres nets, il me disait : « Annie, vous n'oublierez pas... » puis, s'interrompant : « Mon Dieu, quelle pauvre figure vous me faites. J'ai plus de chagrin de votre chagrin que de mon départ. » Est-ce que je lui faisais une si pauvre figure ? Je n'avais pas de peine, puisqu'il était encore là.

À l'entendre me plaindre ainsi je frissonnais, repliée et craintive, je me demandais : « Est-ce que vraiment je vais avoir autant de chagrin qu'il le dit ? C'est terrible. »

À présent, c'est la vérité : il est parti. Je crains de bouger, de respirer, de vivre. Un mari ne devrait pas quitter sa femme, quand c'est ce mari-là, et cette femme-là.

Je n'avais pas encore treize ans, qu'il était déjà le maître de ma vie. Un si beau maître ! Un garçon roux, plus blanc qu'un œuf, avec des yeux bleus qui m'éblouissaient. J'attendais ses grandes vacances, chez grand-mère Lajarisse — toute ma famille — et je comptais les jours. Le matin venait enfin où, en entrant dans ma chambre blanche et grise de petite nonne (à cause des cruels étés de là-bas, on blanchit à la chaux, et les murs restent frais et neufs dans l'ombre des persiennes), en entrant, elle disait : « Les fenêtres de la chambre d'Alain sont ouvertes, la cuisinière les a vues en revenant de ville. » Elle m'annonçait cela tranquillement, sans se douter qu'à ces seuls mots je me recroquevillais, menue, sous mes draps, et que je remontais mes genoux jusqu'à mon menton...

Cet Alain ! Je l'aimais, à douze ans, comme à présent, d'un amour confus et épouvanté, sans coquetterie et sans ruse. Chaque année, nous vivions côte à côte, pendant tout près de quatre mois (parce qu'on l'élevait en Normandie dans une de ces écoles genre anglo-saxon, où les vacances sont longues). Il arrivait blanc et doré, avec cinq ou six taches de rousseur sous ses yeux bleus et il poussait la porte du jardin comme on plante un drapeau sur une citadelle. Je l'attendais, dans ma petite robe de tous les jours, n'osant pas, de peur qu'il le remarquât, me parer pour lui. Il m'emmenait, nous lisions, nous jouions, il ne me demandait pas mon avis, il se moquait souvent, il décrétait : « Nous allons faire ceci, vous tiendrez le pied de l'échelle : vous tendrez votre tablier pour que je jette les pommes dedans... » ; Il posait ses bras sur mes épaules et regardait autour de lui d'un air méchant, comme pour dire : « Qu'on vienne me la prendre ! » Il avait seize ans, et moi douze.

Quelquefois — c'est un geste que j'ai fait encore hier, humblement — je posais sur son poignet blanc ma main hâlée et je soupirais : « Comme je suis noire ! » Il montrait ses dents carrées dans un sourire orgueilleux et répondait : « *Sed formosa*, chère Annie. »

Voici une photographie de ces temps-là. J'y suis brune et sans épaisseur, comme maintenant, avec une petite tête un peu tirée en arrière par les cheveux noirs et lourds, une bouche en moue qui implore « je ne le ferai plus », et, sous des cils très longs plantés en abat-jour, droits comme une grille, des yeux d'un bleu si liquide qu'ils me gênent quand je me mire, des yeux ridiculement clairs, sur cette peau de petite fille kabyle. Mais puisqu'ils ont su plaire à Alain...

Nous avons grandi très sages, sans baisers et sans gestes vilains. Oh ! Ce n'est pas ma faute. J'aurais dit « oui », même en me taisant. Souvent, près de lui, au jour finissant, j'ai trouvé trop lourde l'odeur des jasmins, et j'ai respiré péniblement, la poitrine étreinte... Comme les mots me manquaient pour avouer à Alain : « Le jasmin, le soir, le duvet de ma peau que caressent mes lèvres, c'est vous... » ; Alors, je fermais ma bouche, et j'abaissais mes cils sur mes yeux trop clairs, dans une attitude si habituelle qu'il ne s'est jamais douté de rien, jamais... Il est aussi honnête qu'il est beau.

À vingt-quatre ans, il a déclaré : « Maintenant, nous allons nous marier », comme il m'aurait dit onze ans auparavant : « À présent, nous allons jouer aux sauvages. »

Il a toujours si bien su ce que je devais faire que me voici, sans lui, comme un inutile joujou mécanique dont on a perdu la clef. Comment saurai-je à présent, où est le bien et le mal ?

Pauvre, pauvre petite Annie égoïste et faible ! Je me lamente sur moi en pensant à lui. Je l'ai supplié de ne pas partir... en peu de paroles, car son affection, toujours retenue, craint les expansions vives : « Cet héritage, ce n'est peut-être pas grand-chose... nous avons assez d'argent, et c'est chercher bien loin une fortune peu certaine... Alain, si vous chargiez quelqu'un... » L'étonnement de ses sourcils a coupé ma phrase maladroite ; mais j'ai repris courage : « Eh bien, alors, Alain, emmenez-moi. »

Son sourire plein de pitié ne m'a pas laissé d'espoir : « Vous emmener, ma pauvre enfant ! Délicate comme vous l'êtes, et... si mauvaise voyageuse, soit dit sans vous blesser. Vous voyez-vous supportant la traversée jusqu'à Buenos Aires ? Songez à votre santé, songez — c'est un argument qui vous touchera, je le sais — à l'embarras que vous pourriez m'être. »

J'ai abaissé mes paupières, ce qui est ma façon de rentrer chez moi, et j'ai maudit silencieusement mon oncle Etchevarray, tête brûlée qui disparut, il y a quinze ans, sans donner de nouvelles. Le déplaisant toqué, qui s'avise de mourir riche dans des pays qu'on ne connaît pas, et de nous laisser quoi ?... des estancias où l'on élève des taureaux, « des taureaux qui se vendent jusqu'à six mille piastres, Annie ». Je ne me rappelle même pas combien cela fait, en francs...

La journée de son départ n'est pas encore finie que me voici écrivant en cachette dans ma chambre, sur le beau cahier qu'il m'a donné pour que j'y tinsse mon « Journal de son voyage » et relisant l'*Emploi du temps* que m'a laissé sa ferme sollicitude.

Juin. — *Visites chez madame X..., madame Z..., et madame T... (important).*

Une seule visite à Renaud et Claudine, ménage réellement trop fantaisiste pour une jeune femme dont le mari voyage au loin.

Faire payer la facture du tapissier pour les grandes bergères du salon et le lit canné. Ne pas marchander, car le tapissier fournit nos amis G... on pourrait clabauder.

Commander les costumes d'été d'Annie. Pas trop de « genre tailleur », des robes claires et simples. Que ma chère Annie ne s'entête pas à croire que le rouge ou l'orange vif lui éclaircissent le teint.

Vérifier les livres des domestiques chaque samedi matin. Que Jules n'oublie pas de dépendre la verdure de mon fumoir, et qu'il la roule sous poivre et tabac. C'est un assez bon garçon, mais mou, et il fera son service avec négligence, si Annie n'y veille elle-même.

Annie sortira à pied dans les avenues, et ne lira pas trop de fadaises, pas trop de romans naturalistes ou autres.

Prévoir à l'« Urbaine » que nous donnons congé le 1er juillet. Prendre la victoria à la journée pendant les cinq jours qui précéderont le départ pour Arriège.

Ma chère Annie me fera beaucoup de plaisir en consultant souvent ma sœur Marthe et en sortant souvent avec elle. Marthe a un grand bon sens et même du sens pratique sous des dehors un peu libres.

Il a songé à tout ! Et je n'ai pas, même une minute, la honte de mon... de mon incapacité ? Inertie serait peut-être plus juste, ou passivité. La vigilance active d'Alain absorbe tout et m'ôte le moindre souci matériel. J'ai voulu, la première année de notre mariage, secouer ma silencieuse oisiveté de petite pays-chaud. Alain eut tôt fait de rabattre mon beau zèle : « Laissez, laissez, Annie, c'est fait, je m'en suis occupé... » « Mais non, Annie, vous ne savez pas, vous n'avez aucune idée... »

Je ne sais rien — qu'obéir. Il m'a appris cela, et je m'en acquitte comme de la seule tâche de mon existence, avec assiduité, avec joie. Mon cou flexible, mes bras pendants, ma taille un peu trop mince et qui plie, jusqu'à mes paupières qui tombent facilement et disent « oui », jusqu'à mon teint de petite esclave me prédestinaient à obéir. Alain me nomme souvent ainsi « petite esclave », il dit cela sans méchanceté, bien sûr, avec seulement un léger mépris pour ma race brune. Il est si blanc !

Oui, cher « Emploi du temps », qui me guidez encore en son absence et jusqu'à sa première lettre, oui, je donnerai congé à l' « Urbaine », je surveillerai Jules, je vérifierai les livres des domestiques, je ferai mes visites et je verrai souvent Marthe.

Marthe, c'est ma belle-sœur, la sœur d'Alain. Quoiqu'il la blâme d'avoir épousé un romancier, pourtant connu, mon mari lui reconnaît une intelligence vive et désordonnée, une lucidité brouillonne. Il dit volontiers : « Elle est adroite. » Je n'arrive pas à démêler très bien la valeur de ce compliment.

En tout cas, elle joue de son frère avec un doigté infaillible, et je crois bien qu'Alain ne le devine pas. Avec quel art elle sauve le mot risqué qu'elle vient de laisser échapper, avec quelle maîtrise elle escamote un sujet de conversation dangereux ! Quand j'ai fâché mon seigneur et maître, je reste là toute triste, sans même implorer ma grâce ; Marthe, elle, rit à son nez, ou admire à propos une remarque qu'il vient de faire, dénigre à coups de mots drôles un raseur particulièrement odieux — et Alain déplisse ses durs sourcils.

Adroite, certes, de l'esprit et des mains. Je la regarde ébahie, lorsque, en bavardant, elle fait éclore sous ses doigts un adorable chapeau, ou un jabot de dentelle, avec le chic d'une « première » de bonne maison. Marthe n'a rien pourtant du trottin. Assez petite, potelée, la taille serrée et très mince, une croupe avenante et mobile, elle porte droite une tête flambante de cheveux roux doré (les cheveux d'Alain) éclairée encore par de terribles yeux gris. Une figure de petite pétroleuse — au sens communard du mot — qu'elle arrange très joliment en minois dix-huitième siècle. De la poudre de riz, du rouge aux lèvres, des robes bruissantes en soies peintes à guirlandes, le corsage à pointe et les talons très hauts. Claudine (l'amusante Claudine qu'il ne faut pas trop voir) l'appelle souvent « marquise pour barricades ».

Cette Ninon révolutionnaire a su asservir — là encore je reconnais le sang d'Alain — le mari qu'elle a conquis après une courte lutte : Léon c'est un peu l'Annie de Marthe. Quand je pense à lui, je l'appelle « ce pauvre Léon ». Pourtant, il n'a pas l'air malheureux. Il est brun, régulier, joli garçon, la barbe en pointe et l'œil en amande, avec des cheveux doux et plats. Un type parfaitement français et modéré. On lui voudrait plus de saccade dans le profil, plus de carrure dans le menton, de brusquerie dans l'arcade sourcilière, moins de condescendance dans ses yeux noirs. Il est un peu — c'est méchant ce que j'écris là — un peu « premier à la soie », prétend cette peste de Claudine qui l'a nommé un jour : « *Et-avec-ça-Madame* ? » Et l'étiquette est restée à ce pauvre Léon, que Marthe traite en propriété de rapport.

Elle l'enferme régulièrement trois ou quatre heures par jour, moyennant quoi il fournit, m'a-t-elle confié, un bon rendement moyen d'un roman deux tiers par an, « le strict nécessaire », ajoute-t-elle.

Qu'il y ait des femmes douées d'assez d'initiative, de volonté quotidienne, — et de cruauté aussi — pour édifier et soutenir un budget, un train de vie, sur le dos penché d'un homme qui écrit, qui écrit et qui n'en meurt pas, cela me dépasse. Je blâme quelquefois Marthe, et puis je l'admire avec un peu d'effroi.

Constatant son autorité masculine qui a su exploiter la docilité de Léon, je lui ai dit, un jour de grande hardiesse :

— Marthe, toi et ton mari vous êtes un ménage contre nature.

Elle m'a regardée stupéfaite, et puis elle a ri à s'en trouver mal :

— Non, cette Annie, elle vous a des mots. Tu ne devrais jamais sortir sans un Larousse. Un ménage contre nature ! Heureusement que je suis toute seule pour t'entendre, par les modes qui courent...

Mais Alain est parti tout de même ! Je ne peux pas l'oublier longtemps dans mon bavardage intime. Que faire ? Ce fardeau de vivre seule m'accable... Si j'allais à la campagne, à Casamène, dans la vieille maison que nous a laissée grand-mère Lajarisse, pour n'y voir personne, personne jusqu'à son retour ?...

Marthe est entrée, balayant de ses jupes raides, des sabots de ses manches, mes beaux projets ridicules. J'ai caché mon cahier, très vite.

— Toute seule ? Viens-tu chez le tailleur ? Toute seule dans cette chambre triste ! La veuve inconsolée, quoi !...

Sa plaisanterie mal venue, sa ressemblance aussi avec son frère — malgré la poudre, le chapeau Trianon et la haute ombrelle — m'arrachent de nouvelles larmes.

— Bon, ça y est ! Annie, tu es la dernière des... épouses. Il reviendra, je te dis ! J'imaginais, moi simple, moi indigne, que son absence te donnerait (les premières semaines du moins) une impression de vacances, d'escapade...

— D'escapade, oh ! Marthe...

— Quoi, oh ! Marthe ?... C'est vrai que ça sonne le vide, ici, dit-elle en tournant par la chambre, ma chambre, où le départ d'Alain n'a pourtant rien changé.

J'essuie mes yeux, ce qui prend toujours un peu de temps parce que j'ai beaucoup de cils. Marthe dit en riant que j'ai « des cheveux au bout des yeux ».

Elle est appuyée des deux coudes à la cheminée, me tournant le dos. Elle porte, un peu tôt pour la saison, je trouve, une robe de voile bis à petites roses démodées, une jupe montée à fronces et un fichu croisé qui sont de madame Vigée-Lebrun, avec des cheveux roux, dégageant la nuque, qui sont d'Helleu. Cela crie un peu, pourtant sans disgrâce. Mais je garderai ces remarques pour moi. D'ailleurs quelles sont les remarques que je ne regarde pas pour moi ?...

— Qu'est-ce que tu examines si longtemps, Marthe ?
— Je contemple le portrait de monsieur mon frère.
— D'Alain ?
— C'est toi qui l'as nommé ?
— Qu'est-ce que tu lui trouves ?

Elle ne répond pas tout de suite. Puis elle éclate de rire et se retournant :

— C'est extraordinaire, ce qu'il ressemble à un coq !
— À un coq ?
— Oui, à un coq. Regarde.

Suffoquée d'entendre une telle horreur, je prends machinalement le portrait, une photo tirée en sanguine, qui me plaît fort : dans un jardin d'été, mon mari est campé, nu-tête, ses cheveux roux en brosse, l'œil hautain, le jarret bien tendu... Il se tient ainsi habituellement. Il ressemble... à un beau garçon solide, qui a la tête près du bonnet, l'œil prompt ; il ressemble, aussi à un coq. Marthe a raison. Oui, à un coq roux, vernissé, crêté, ergoté... Désolée comme s'il venait de partir une seconde fois, je refonds en larmes. Ma belle-sœur lève des bras consternés.

— Non, vrai, tu sais, si on ne peut même pas parler de lui ! Tu es un cas, ma chère. Ça va être gai d'aller chez le tailleur avec ces yeux-là ! Est-ce que je t'ai fait de la peine ?

— Non, non, c'est moi toute seule... Laisse, ça va passer...

Je ne peux pourtant pas lui avouer que je suis désespérée qu'Alain ressemble à un coq, et surtout que je m'en sois aperçue... À un coq ! Elle avait bien besoin de me faire remarquer cela...

— Madame n'a pas bien dormi ?
— Non, Léonie...
— Madame a les yeux battus... Madame devrait prendre un verre de cognac.
— Non, merci. J'aime mieux mon cacao.

Léonie ne connaît qu'un remède à tous les maux : un verre de cognac. J'imagine qu'elle en expérimente journellement les bons effets. Elle m'intimide un peu parce qu'elle est grande, de gestes décidés, qu'elle ferme les portes avec autorité et qu'en cousant dans la lingerie, elle siffle, comme un cocher qui revient du régiment, des sonneries militaires. C'est d'ailleurs une fille capable de dévouement, qui me sert depuis mon mariage, depuis quatre ans, avec un mépris affectueux.

Seule à mon réveil, seule à me dire qu'une journée et une nuit se sont écoulées depuis le départ d'Alain, seule à réunir tout mon courage pour commander les repas, téléphoner à l' « Urbaine », feuilleter les livres de comptes !... Un collégien qui n'a pas fait ses devoirs de vacances ne s'éveille pas plus morne que moi, le matin de la rentrée...

Hier, je n'ai pas accompagné ma belle-sœur à l'essayage. Je lui en voulais, à cause du coq... J'ai prétexté une fatigue, la rougeur de mes paupières.

Aujourd'hui, je veux secouer ma prostration et — puisque Alain me l'a ordonné — visiter Marthe à son jour, bien que la traversée, sans appui, toute seule, de ce salon immense, sonore de voix féminines, me soit toujours un petit supplice. Si je me faisais, comme dit Claudine, « porter malade » ? Oh ! Non, je ne peux pas désobéir à mon mari.

— Quelle robe que Madame a besoin ?

Oui, quelle robe ? Alain n'hésiterait pas, lui. D'un coup d'œil, il eût consulté la couleur du temps, celle de mon teint, puis les noms inscrits au « jour », et son choix infaillible eût tout contenté...

— Ma robe en crêpe gris, Léonie, et le chapeau aux papillons...

Des papillons gris aux ailes de plumes cendrées, tachées de lunules orange et roses, qui m'amusent. Enfin ! Il faut constater que mon grand chagrin ne m'enlaidit pas trop. Le chapeau aux papillons bien droit sur les cheveux lisses et gonflés, la raie à droite et le chignon bas, les yeux bleus gênants et pâles, plus liquides encore à cause des larmes récentes, allons, il y a de quoi faire pester Valentine Chessenet, une fidèle du salon de ma belle-sœur, qui me déteste parce que (je sens cela) elle trouverait volontiers mon mari tout à fait de son goût. Une créature qu'on a plongée, dirait-on, dans un bain décolorant. Les cheveux, la peau, les cils, tout du même blond rosâtre. Elle se maquille en rose, se poisse les cils au mascaro (c'est Marthe qui me l'a dit) sans arriver à tonifier sa fadasse anémie.

Elle sera à son poste chez Marthe, le dos au jour pour masquer ses poches sous les yeux, à bonne distance de la Rose-Chou dont elle redoute l'éclat bête et sain, elle me criera aigrement, par-dessus les têtes, des rosseries auxquelles je ne saurai rien répondre ; mon silence intimidé fera rire d'autres perruches, et on m'appellera encore « la petite oie noire » ! Alain, autoritaire Alain, c'est pour vous que je cours m'exposer à tant de douloureuses piqûres !

Dès l'antichambre, à ce bruit de volière, ponctué, comme de coups de bec, par les chocs des petites cuillers, mes mains se refroidissent.

Elle est là, cette Chessenet ! Elles sont toutes là, et toutes jacassent, sauf Candeur, poétesse-enfant, dont l'âme silencieuse ne fleurit qu'en beaux vers. Celle-là se tait, tourne avec lenteur des yeux moirés et mord sa lèvre inférieure d'un air voluptueux et coupable, comme si ce fût la lèvre d'une autre...

Il y a Miss Flossie, qui dit, pour refuser une tasse de thé, un « Non... », Si prolongé, dans un petit râle guttural semblant accorder toute elle-même. Alain ne veut pas (pourquoi ?) que je la connaisse, cette Américaine plus souple qu'une écharpe, dont l'étincelant visage brille de cheveux d'or, de prunelles bleu de mer, de dents implacables. Elle me sourit sans embarras, ses yeux rivés aux miens, jusqu'à ce qu'un frémissement de son sourcil gauche, singulier, gênant comme un appel, fasse détourner mon regard... Miss Flossie sourit plus nerveusement alors, tandis qu'une enfant rousse et mince, blottie dans son ombre, me couve, inexplicablement, de ses profonds yeux de haine...

Maugis — un gros critique musical –, ses yeux saillants avivés d'une lueur courte, considère le couple des Américaines de tout près, avec un insolence à gifler, et grognonne presque indistinctement, en remplissant de whisky un verre à bordeaux :

— Quéqu'Sapho, pourvu qu'on rigole !

Je ne comprends pas ; j'ose à peine regarder tous ces visages subitement figés dans une immobilité malveillante à cause de ma robe qui est jolie. Que je voudrais m'enfuir ! Je me réfugie près de Marthe qui me réchauffe de sa main solide et petite, de ses yeux d'audace, braves comme elle-même. Comme je l'envie d'être si brave ! Elle a la langue vive et impatiente, elle dépense beaucoup, il n'en faut pas tant pour qu'on potine autour d'elle sans bonté. Elle le sait, court au-devant des allusions, empoigne les amies perfides et les secoue avec l'entrain et la ténacité d'un bon ratier.

Aujourd'hui, je l'embrasserais pour sa réponse à madame Chessenet, qui crie à mon entrée :

— Ah ! Voici la veuve du Malabar !

— Ne la taquinez pas trop, riposte Marthe. Après tout, quand un mari s'en va, ça laisse un vide.

Derrière moi une voix pénétrée acquiesce, en roulant des *r* fresnois :

— Cerrrtainement, un vide considérrrable… et doulourrreux !

Et toutes partent d'un éclat de rire. Je me suis retournée, confuse, et ma gêne augmente en reconnaissant Claudine, la femme de Renaud. « Une seule visite à Renaud et Claudine, ménage trop fantaisiste… » La circonspection que leur témoigne Alain me rend sotte et comme coupable en leur présence. Pourtant, je les trouve enviables et gentils, ce mari et cette femme qui ne se quittent pas, unis comme des amants.

Comme j'avouais à Alain, un jour, que je ne blâmais point Claudine et Renaud de se poser en amants mariés, il m'a demandé, assez sec :

— Où avez-vous pris, ma chère, que des amants se voient plus et mieux que des époux ?

Je lui ai répondu sincèrement :

— Je ne sais pas…

Depuis ce temps nous n'échangeons plus, avec ce ménage « fantaisiste » que de rares visites de politesse. Cela ne gêne point Claudine, que rien ne gêne, ni Renaud qui ne se soucie guère que de sa femme au monde. Et Alain professe une parfaite horreur des ruptures inutiles.

Claudine ne paraît point se douter qu'elle a déchaîné les rires. Elle mange, les yeux baissés, un sandwich au homard, et déclare posément, après, que « c'est le sixième ».

— Oui, dit Marthe gaiement, vous êtes une relation ruineuse, l'âme de madame Beulé a passé en vous.

— Son estomac seulement, c'est tout ce qu'elle avait de bon à prendre, rectifie Claudine.

— Méfiez-vous ! Ma chère, insinue madame Chessenet, vous engraisserez à ce régime-là. Il m'a semblé, l'autre soir, que vos bras prenaient une agréable, mais dangereuse ampleur.

— Peuh ! réplique Claudine, la bouche pleine, je vous souhaite seulement d'avoir les cuisses comme j'ai les bras, ça fera plaisir à bien du monde.

Madame Chessenet, qui est maigre, et s'en désole, avale cette rebuffade péniblement, le cou si tendu que je crains un petit esclandre. Mais elle toise seulement, avec un mutisme rageur, l'insolente aux cheveux courts, et se lève. J'esquisse un mouvement pour me lever aussi, puis je me rassieds afin de ne pas sortir avec cette vipère décolorée.

Claudine attaque vaillamment l'assiette aux petits choux pralinés et m'en offre (si Alain nous voyait !...). J'accepte et je lui chuchote :

— Elle va en inventer des horreurs sur vous, cette Chessenet !

— Je l'en défie bien. Elle a déjà sorti tout ce qu'elle pouvait imaginer. N'y a plus que l'infanticide qu'elle ne m'a pas attribué, et encore je n'oserais pas en répondre.

— Elle ne vous aime pas ? Questionné-je timidement.

— Si ; mais elle le cache.

— Ça vous est égal ?

— Pardi !

— Pourquoi ?

Les beaux yeux havane de Claudine me dévisagent.

— Pourquoi ? Je ne sais pas, moi. Parce que...

L'approche de son mari interrompt sa réponse. Souriant, il lui indique la porte d'un signe léger. Elle quitte sa chaise, souple et silencieuse comme une chatte. Je ne saurai pas pourquoi.

Pourtant, il me semble que ce regard enveloppant qu'elle lui a jeté était bien une réponse...

Je veux partir aussi. Debout au milieu de ce cercle de femmes et d'hommes, je me sens défaillir d'embarras. Claudine voit mon angoisse, revient vers moi ; sa main nerveuse agrippe la mienne et la tient ferme pendant que ma belle-sœur m'interroge.

— Pas encore de nouvelles d'Alain ?

— Non, pas encore. Je trouverai peut-être un télégramme en rentrant.

— C'est la grâce que je te souhaite. Bonsoir, Annie.

— Où passez-vous vos vacances ? Me demande tout doucement Claudine.

— À Arriège, avec Marthe et Léon.

— Si c'est avec Marthe !... Alain peut naviguer tranquille.

— Croyez-vous que, même sans Marthe...

Je sens que je rougis ; Claudine hausse les épaules et répond, en rejoignant son mari qui l'attend, sans impatience, près de la porte :
— Oh ! Dieu non, il vous a trop bien dressée !

Ce message téléphonique de Marthe m'embarrasse beaucoup : « Impossible d'aller te cueillir à domicile pour essayer chez Taylor. Viens me prendre à quatre heures chez Claudine. »

Une image outrageante ne m'eût pas plus troublée que ce papier bleu. Chez Claudine ! Marthe en parle à son aise ; l'Emploi du temps dit... Que ne dit-il pas ?

Le rendez-vous donné par Marthe, dois-je le considérer comme une visite officielle à Renaud-Claudine ? Non... Si... Je m'agite, je cherche à biaiser, craignant de fâcher ma belle-sœur, redoutant Alain et ma conscience ; mais ma conscience débilitée, et si peu au fait du chemin à suivre, cède à l'influence la plus proche, elle cède surtout au plaisir de voir cette Claudine qu'on me défend comme un livre et trop sincère...

— Rue de Bassano, Charles.

J'ai revêtu une sombre robe modeste, voilé mon visage de tulle uni, ganté mes mains de suède neutre, préoccupée d'enlever à ma « démarche » tout « caractère officiel ». Je vais me servir de ces mots-là, avertie par l'expérience d'Alain qu'une démarche doit ou ne doit point revêtir un caractère officiel. Lorsque je les prononce en pensée, ces mots-là, ils accompagnent, en guise de légende, un dessin, baroque et naïf, de rébus... La Démarche, petit personnage aux membres filiformes, tend ses bras vers les manches offertes d'un habit d'académicien, brodé finement au collet de « caractèrofficielcaractèreofficielcaract... » En guirlande délicate... Que je suis sotte d'écrire tout cela ! Ce n'est qu'une toute petite divagation. Je ne noterai jamais les autres : à les relire, ce cahier me tomberait des mains...

Au palier de Claudine, je consulte ma montre : quatre heures dix, Marthe sera sûrement arrivée, assise et croquant des sucreries dans cet étrange salon qu'à mes premières visites je vis à peine, tant la timidité me suffoquait...

— Madame Léon Payet est arrivée ?

Une vieille bonne hostile me regarde distraitement, attentive surtout à empêcher la fuite d'un grand chat fauve et noir.

— Limaçon, le derrière va te cuire, atta l'heure... Madame Léon... quoi ? C'est à l'étage au-dessus, probable.

— Non, je voulais dire... Madame Claudine est chez elle ?

— Madame Claudine à présent ? Vous n'avez pas l'air ben fixée. Claudine, c'est ici... Mais elle est sortie...

— Menteuse des menteuses ! Crie une voix de gamin joyeux. Justement, j'y suis, chez moi. Tu bisques, hein, Mélie ?

— Je ne bisque pas du tout, riposte Mélie sans se troubler. Mais une autre fois, t'iras ouvrir toi-même, pour t'apprendre.

Et elle s'en va très digne, le chat rayé sur ses talons. J'attends toujours, au seuil de l'antichambre, qu'un être surgi de l'ombre, veuille m'introduire... Est-ce la maison de la sorcière ? « Château-gâteau, ô joli château-gâteau... » Ainsi chantaient Hansel et Gretel devant le palais tentateur...

— Entrez, je suis dans le salon, mais je ne peux pas bouger, crie la même voix.

Une grande ombre se lève et barre la fenêtre : c'est Renaud qui vient à ma rencontre.

— Entrez, chère Madame, la petite est si occupée qu'elle vous dira bonjour seulement dans une minute.

La petite ? Mais la voilà accroupie, presque, dans la cheminée où flambe un feu de bois malgré la saison. Je m'avance, intriguée : elle tend à la flamme un objet indistinct — toujours la sorcière des contes où s'extasièrent les terreurs de mon enfance crédule... — je craindrais, en le souhaitant, voir dans la flamme qui dore la tête bouclée de Claudine se tordre des salamandres, agoniser des animaux dont le sang, mêlé au vin, fait mourir de langueur...

Elle se relève, très calme :

— Bonjour, Annie.

— Bonjour, Mad... Claudine.

(J'ai articulé son nom avec un peu d'effort. Mais le moyen de dire « Madame » à cette petite femme que tout le monde appelle par son prénom !)

— ... Il allait être cuit à point, je ne pouvais pas le lâcher, vous comprenez ?

Elle tient un petit gril carré en fil d'argent où noircit et se boursoufle une tablette de chocolat rôtie ?

— ... Mais c'est pas encore la perfection, cet outil-là, vous savez, Renaud ! Ils m'ont fait un manche trop court, et j'ai une cloque sur la main, tenez !

— Montre vite.

Son grand mari se penche, baise tendrement la fine main échaudée, la caresse des doigts et des lèvres, comme un amant... Ils ne s'occupent plus du tout de moi. Si je m'en allais ? Ce spectacle ne me donne pas envie de rire...

— C'est guéri, c'est guéri, s'écrie Claudine en battant ses mains. Nous allons manger la grillade nous deux, Annie. Mon grand, mon beau, je vais faire salon. Allez voir dans votre bureau si j'y suis.

— Je te gêne donc ? demande, penché encore vers elle ce mari aux cheveux blancs dont les yeux regardent si jeune.

Sa femme se hausse sur la pointe des pieds, relève à deux mains les longues moustaches de Renaud, et lui plante sur la bouche un baiser qui chante pointu... Oh ! Je crois bien que je vais me sauver !

— Minute, Annie ! Où courez-vous par là ?

Une main despotique s'est emparée de mon bras, et le visage ambigu de Claudine, bouche railleuse et paupières mélancoliques, m'interroge sévèrement.

Je rougis, comme si je me sentais coupable de ce baiser regardé...

— C'est que... puisque Marthe n'est pas arrivée...

— Marthe ? Elle doit venir ?

— Mais oui ? C'est elle qui m'a donné rendez-vous ici, sans quoi...

— Comment « sans quoi », petite impolie ! Renaud, vous saviez que Marthe devait venir ?

— Oui, chérie.

— Vous ne m'avez pas prévenue !

— Pardon, ma petite fille. Je t'ai lu tout ton courrier dans ton lit, comme d'habitude. Mais tu jouais avec Fanchette.

— C'est un mensonge éhonté. Dites plutôt que vous vous occupiez, vous-même, à me chatouiller, avec les ongles, tout le long des dernières côtes... Assise, Annie ! Adieu, mon grand...

Renaud ferme doucement la porte.

Je me pose, un peu raide, tout au bord du divan. Claudine s'y installe en tailleur, les jambes ramenées sous sa jupe de drap orange. Une chemisette de satin souple, blanche, que soulignent des broderies japonaises du même ton que la jupe, éclaire sa figure mate. À quoi songe-t-elle, si sérieuse tout à coup, pensive, dans sa chemisette brodée et sous ses cheveux courts, comme un petit batelier du Bosphore ?

— Pas, il est beau ?

Sa parole brève, ses gestes, soudains comme son immobilité, me secouent autant que des bourrades.

— Qui ?

— Renaud, pardi ! C'est bien possible qu'il m'ait lu la lettre de Marthe... Je n'aurai pas fait attention.

— Il lit votre courrier ?

Elle dit oui d'un signe, affairée : car la tablette de chocolat rôtie colle au petit gril d'argent et menace de s'effriter... Sa distraction m'enhardit :

— Il le lit... avant vous ?

Les prunelles malicieuses se lèvent :

— Oui Mes-Beaux-Yeux. (Vous voulez bien que je vous appelle « Mes-Beaux-Yeux » ?) Qu'est-ce que ça peut vous faire ?

— Oh ! Rien. Mais je n'aimerais pas cela.

— Rapport à vos flirts ?

— Je n'ai pas de flirts, Claudine !

J'ai jeté cela avec tant de feu, tant de sincérité révoltée que Claudine se tord de joie :

— Elle a coupé ! Elle a coupé ! Ô âme candide ! Eh bien, Annie, j'en ai eu, moi, des flirts... et Renaud me lisait leurs lettres.

— Et... qu'est-ce qu'il disait ?

— Peuh... rien. Pas grand-chose. Quelquefois il soupirait : « C'est curieux, Claudine, la quantité de gens qu'on rencontre, convaincus qu'ils *ne sont pas comme tout le monde* et... du besoin de l'écrire... » Voilà.

— Voilà...

J'ai répété le mot malgré moi, sur le même ton qu'elle...

— ... Alors, Claudine, ça vous est égal ?

— Quoi ? Oui, tout m'est égal, — sauf un seul être... (Elle se ravise) pourtant non ! Il ne m'est pas indifférent que le ciel soit chaud et pur, que les coussins profonds se creusent sous ma paresse, que l'année abonde en abricots sucrés et en châtaignes farineuses, que le toit de ma maison, à Montigny, soit assez solide pour ne pas semer ses ardoises brodées de lichen, un jour d'orage... (Sa voix qui chantait et traînait, se raffermit vite, ironique). Vous voyez, Annie, que je m'intéresse comme vous, comme tous, au monde extérieur et, pour parler aussi simplement que votre romancier mondain de beau-frère, « à ce que charrie le temps dévorateur qui coule d'un flot inégal ».

Je secoue le front, mal convaincue ; et j'accepte, pour plaire à Claudine, des bribes de chocolat grillé, qui sent un peu la fumée, beaucoup la praline.

— C'est divin, pas ? Vous savez, c'est moi qui ai inventé le gril à chocolat, ce génial petit machin qu'on a fabriqué, nonobstant mes indications, avec un manche trop court. J'ai inventé aussi le peigne à-carder-les-puces, pour Fanchette, la poêle sans trous pour griller les marrons l'hiver, l'ananas à l'absinthe, la tarte aux épinards (Mélie dit que c'est elle, mais c'est pas vrai), et mon salon-cuisine que voici.

L'humour de Claudine me mène du rire à l'inquiétude, et du malaise à l'admiration. Ses yeux havane, allongés jusqu'aux tempes, proclament avec la même chaleur, le même regard pur et direct, sa passion pour Renaud ou ses droits d'auteur sur le gril à chocolat...

Son salon-cuisine prolonge cette impression d'inquiétude. Je voudrais seulement savoir si j'ai devant moi une démente convaincue ou une mystificatrice experte...

Une cuisine ou une salle d'auberge, d'auberge triste et enfumée de Hollande. Mais sur quel mur d'auberge, même hollandaise, sourirait cette délicieuse Vierge du quinzième siècle, enfantine, frêle, charmante dans sa tunique rose et son manteau bleu, qui s'agenouille et prie, craintivement.

— C'est beau, hein, fait Claudine. Mais, ce qui me plaît le plus là-dedans, c'est le contraste vicieux — parfaitement, vicieux — de cette robe dans les roses tendres avec cet affreux fond de paysage désolé, aussi désolé que vous l'étiez, Annie, le jour que Monsieur votre Alain s'est embarqué. Vous n'y pensez plus, maintenant, à ce navigateur ?

— Comment, je n'y pense plus ?

— Enfin, vous y pensez moins. Oh ! Ne rougissez pas pour ça, c'est bien naturel quand il s'agit d'un homme si correct... Tenez, regardez l'expression gentiment contrite de cette Vierge ; elle a l'air de dire, en regardant son petit Jésus : « Vrai, c'est bien la première fois que ça m'arrive ! » Renaud croit qu'il est de Masolino.

— Qui ?

— Pas l'enfant, bien sûr, le tableau ! Les com-pé-ten-ces l'attribuent à Filippo-Lippi.

— Et vous ?

— Moi, je m'en fiche.

Je n'insiste pas. Cette critique d'art très particulière me démonte un peu.

Une Claudine de marbre, dans un angle, sourit, les paupières baissées, à la manière d'un Saint-Sébastien qui se délecterait de son supplice. Un grand divan d'ours sombre, que caresse ma main dégantée, recule et s'abrite sous une sorte d'alcôve. Mais tout le reste de l'ameublement me stupéfie : cinq ou six tables de cabaret, en chêne luisant et sombre, comme ciré par les coudes immobiles des buveurs de bière, — autant de bancs épais et pataud, une horloge fruste et endormie, des pichets de grès, une cheminée caverneuse en hotte renversée, gardée par les hauts chenets de cuivre. Sur tout cela, un désordre éphémère de livres jetés, de revues effeuillées qui jonchent l'épais tapis d'un rose terreux... Intriguée, j'ai tout examiné. J'y gagne une tristesse... comment dire ? Une tristesse maritime, comme si, par ces petits carreaux verdâtres derrière quoi tombe le jour, j'avais longtemps contemplé une houle grise où mousse un peu d'écume, sous la pluie transparente et légère ainsi qu'une cendre fine...

Claudine a suivi ma pensée, et lorsque je reviens à elle, nous nous regardons avec des yeux pareils...

— Vous vous plaisez ici, Claudine ?

— Oui. J'ai horreur des appartements gais. Ici, je voyage. Voyez, les murs verts ont la sombre couleur du jour regardé à travers une bouteille, et ces bancs de chêne poli ont porté, je le crois, tant de derrières découragés de pauvres gens qui buvaient tristement et se saoulaient... Hé ! Il me semble que Marthe vous pose le petit lapin des familles, Annie ?

Comme elle a rompu brusquement, presque méchamment, le fil de son rêve mélancolique ! Je le suivais si bien, séparée, pour cette heure seulement du souci de celui qui est sur la mer... Et puis, la mobilité de Claudine me fatigue, qui mêle l'enfantillage à la sauvagerie, et dont l'esprit de jeune barbare peut bondir de la gourmandise à l'amour immodeste d'un ivrogne désespéré, à cette Marthe bruissante et agressive.

— Marthe, oui... elle est bien en retard.

— Un peu ! Sans doute que Maugis a, pour la retenir, des arguments sérieux...

— Maugis ? Est-ce qu'elle devait le voir aujourd'hui ?

Claudine fronce le nez, penche sa tête comme un oiseau curieux, me regarde jusqu'au fond des yeux, puis éclate de rire en sautant sur ses pieds.

— Je ne sais rien, je n'ai rien vu, rien entendu, crie-t-elle avec une volubilité de petite fille. J'ai peur seulement de vous ennuyer. Vous connaissez le gril-à-chocolat, le salon-cuisine, Renaud, mon portrait en marbre, tout... Je vais toujours appeler Fanchette, pas ?

On n'a jamais le temps de répondre à Claudine. Elle ouvre une porte, se penche et gazouille des appels mystérieux :

— Ma bien belle, ma charmante, ma toute blanche, mou-ci-mouci-amour, vrrrou, vrrrain...

La bête apparaît, lente, somnambulique comme un petit fauve charmé ; une chatte blanche très belle qui lève sur Claudine des yeux obéissants et verts.

— ... Ma charbonnière, ma marmitonne, tu as encore fait pipi sur une bottine vernie à Renaud, mais il n'en saura rien, je lui dirai que c'est du cuir de mauvaise qualité. Et il fera semblant de le croire. Viens que je te lise des choses tout plein belles de Lucie Delarue-Mardrus !

Claudine empoigne la chatte par la peau du cou, la lève au-dessus de sa tête et s'écrie :

— Voyez, Madame, le chat noyé pendu à un crochet (elle ouvre les doigts : Fanchette retombe de haut sur ses pattes molles et précises, sans une inquiétude, et reste là...) Vous savez, Annie, depuis que ma Fille habite Paris, je lui lis des vers, elle sait par cœur les Baudelaire pour les chats et je lui apprends maintenant tous les « Pour le chat » de Lucie Delarue-Mardrus !

Je souris, amusée de cette voltigeante gaminerie.

— Vous croyez qu'elle comprend ?

Claudine m'humilie d'un regard traînant par-dessus l'épaule.

— Êtes-vous gourde, Annie ! Pardon, je voulais dire seulement : « J'en suis certaine. » Assise, Fanchette ! Regardez, vous, l'incrédule, et écoutez. C'est inédit. C'est superbe.

> POUR LE CHAT
> *Chat, monarque furtif, mystérieux et sage,*
> *Sont-ils dignes, nos doigts encombrés d'anneaux lourds,*
> *De votre majesté blanche et noire, au visage*
> *De pierrerie et de velours ?*
>
> *Votre grâce s'enroule ainsi qu'une chenille ;*
> *Vous êtes, au toucher, plus brûlant qu'un oiseau.*
> *Et, seule nudité, votre petit museau*
> *Est une fleur fraîche qui brille.*
>
> *Vous avez, quoique enrubanné comme un sachet,*
> *De la férocité plein vos oreilles noires,*

> *Quand vous daignez crisper vos pattes péremptoires*
> *Sur quelque inattendu hochet.*
>
> *En votre petitesse apaisée ou qui gronde*
> *Râle la royauté des grands tigres sereins ;*
> *Comme un sombre trésor vous cachez dans vos reins*
> *Toute la volupté du monde...*
>
> *Mais, pour ce soir, nos soins vous importent si peu*
> *Que rien en votre pose immobile n'abdique :*
> *Dans vos larges yeux d'or cligne un regard bouddhique,*
> *Et vous vous souvenez que vous êtes un Dieu.*

La chatte dort à demi, vibrante d'un ronron faible et voilé qui accompagne en sourdine la voix singulière de Claudine, tantôt grave, plein d'*r* caillouteux, tantôt douce et basse à faire frémir... Quand la voix cesse, Fanchette rouvre ses yeux obliques. Toutes deux se regardent un moment aussi sérieuses l'une que l'autre... L'index levé près du nez, Claudine soupire en se tournant vers moi.

— « Péremptoire... ! » Il fallait dénicher ce mot-là ! C'est beau, hein, ces strophes qu'écrit Ferveur ? Moi, pour avoir trouvé « péremptoire » je donnerais dix ans de la vie de la Chessenet !

Ce nom choque ici comme un bibelot de camelote dans une collection sans tare.

— Vous n'aimez pas Ch... madame Chessenet, Claudine ?

Claudine, presque étendue, les regards au plafond, lève une main paresseuse.

— M'est égal... Betterave jaune sculptée... M'est aussi égal que la Rose-Chou...

— Ah ! La Rose-Chou...

— Rose ou Chou ? Cette fille dodue, qui a des joues comme des fesses de petits amours ?

— Oh !...

— Quoi, oh ? « Fesse » n'est pas un vilain mot. D'ailleurs, la Rose-Chou aussi... t'égal.

— Et... Marthe ?

Une indiscrète curiosité m'anime, comme si, en questionnant Claudine, j'allais surprendre le secret, la « recette » de son bonheur, qui la détache de tout, qui l'éloigne des potins, des mesquines querelles, des convenances même... Mais l'adresse me manque, et Claudine se moque de moi, retournée d'un saut de carpe sur le ventre, le nez dans la fourrure argentée de sa chatte...

— Marthe, je pense qu'elle a manqué son rendez-vous... je veux dire qu'elle nous avait donné. Mais... C'est une interview, Annie ?

J'ai honte. Une brusque franchise me jette vers elle :

— Pardonnez-moi, Claudine. C'est que je louvoyais, j'hésitais à vous demander... ce que vous pensez d'Alain... Depuis qu'il est parti, je ne sais comment vivre, et personne ne me parle de lui, du moins comme je voudrais que l'on m'en parlât... Est-ce l'habitude, à Paris, d'oublier si vite ceux qui partent ?

(J'ai parlé comme je pensais, surprise moi-même de mon émotion. Le visage mat et triangulaire de Claudine se méfie, appuyé sur deux petits poings, éclairé de nacre par le satin blanc de la chemisette.)

— Est-ce l'habitude d'oublier ?... Je ne sais pas trop. Cela doit dépendre de ceux qui partent. M. Samzun, « Alain » comme vous dites, m'a produit l'effet d'un mari... impeccable. Il vise à la distinction, il décroche la correction, c'est toujours ça... Il abonde en apophtegmes définitifs et en gestes...

— « Péremptoires », lui aussi, dis-je aussi avec un sourire peureux.

— Oui ; mais il n'a aucun droit au « péremptoire » lui, puisqu'il n'est pas chat. Ah ! Non, qu'il n'est pas chat ! Il a du snobisme dans le cœur et une tringle dans le fondement... Dieu, que je suis sotte ! Voulez-vous ne pas pleurer ? Comme si ça comptait, ce que je dis ! Vous savez bien, enfant battue, que Claudine a un courant d'air dans la cervelle... Bon, elle veut s'en aller ! Embrassez-moi avant, pour dire que vous ne m'en voulez pas. Avec son catogan, sa robe plate, ses larmes limpides au bout des cils, dirait-on pas une petite fille qu'on marie de force ?

Je souris pour lui plaire, pour la remercier de laisser voir, hors de la commune livrée du mensonge, son âme indocile et sincère...

— Adieu, Claudine. Je ne suis pas fâchée contre vous.

— J'espère bien. Voulez-vous m'embrasser ?

— Oh ! Oui.

Elle se penche, longue et flexible, les mains sur mes épaules :

— Donnez bouche ! Qu'est-ce que je dis donc ? L'habitude... Donnez votre joue. Là. À bientôt, à Arriège ? Par ici l'antichambre. Bonjour à cette coureuse de Marthe. Non, vos yeux ne sont pas rouges. Adieu, adieu... chrysalide !

Je descends pas à pas, troublée, flottante. Elle a dit : « Une tringle dans le... » Mon Dieu, je crois que c'est la métaphore, l'image de cette tringle qui m'a choquée, plutôt que le jugement même de Claudine. Elle a blasphémé, et je l'ai laissée blasphémer, interdite un moment devant cette enfant sans entraves.

Mon cher Alain, je vous ai promis de montrer du courage. Je ne vous montrerai donc que mon courage, pardonnez-moi de cacher le reste — que vous devinez bien.

Je fais tout mon possible pour que notre maison, que vous aimez nette et bien servie, ne s'aperçoive pas trop de votre départ ; les livres des gens sont vus au jour dit, et Léonie est très bien pour moi, en intention au moins.

Votre sœur est charmante, comme toujours ; je voudrais gagner à son contact un peu de sa vaillance, de sa volonté toujours éveillée, mais je ne me dissimule pas que c'est une grande ambition — d'ailleurs vous n'y tenez guère, et votre fermeté intelligente suffit aisément pour nous deux.

Je ne sais où cette lettre vous atteindra et l'incertitude où j'en suis augmente ma gaucherie à vous écrire. Une correspondance entre nous deux est une chose si nouvelle pour moi, une habitude si perdue ! J'aurais voulu je jamais la reprendre. Et pourtant je sens bien que dans mes heures de défaillance, elle me deviendra le suprême secours. Je vous dirai en peu de mots, et mal sans doute, et moins que je ne le pense, que je vous suis de tout mon cœur dévouée, et que je demeure

Votre petite, esclave,

ANNIE.

J'ai écrit cette lettre, toute contrainte, sans jeter mon cœur et ma tristesse vers lui. Est-ce manque de confiance en moi-même, comme toujours, ou en lui, pour la première fois ?

Qui préférerait-il ? L'Annie plus silencieuse et plus douce qu'une plume, celle qu'il connaît, celle qu'il a habituée à se taire, à voiler sa pensée sous les mots, ainsi que ses yeux sous ses cils, ou l'Annie inquiète et désemparée qu'il laisse ici, l'Annie sans défense contre une folle imagination, celle qu'il ne connaît pas...

Qu'il ne connaît pas...

Je songe comme une coupable. Cacher, c'est presque mentir. Je n'ai pas le droit de cacher en moi deux Annies. Mais si la seconde n'était que la moitié de l'autre ? Que cela me fatigue !

Lui, on le connaît tout quand on l'a vu une heure. Son âme est régulière comme son visage. Il déteste l'illogique et craint l'incorrect. M'eût-il épousée, si, un soir lointain de nos fiançailles, je lui avais jeté au cou mes bras en lui disant : « Alain, je ne puis supporter cette heure-ci sans vos caresses... »

Mon Dieu ! Son absence seule cause tant de déraison. Que de tourments à ne pas lui avouer, à son retour ! Ceci ne sera point, comme il avait trouvé, le « Journal de son voyage » mais celui d'une pauvre créature troublée...

— Madame, une dépêche !

Avec ses façons de soldat brusque, cette Léonie m'a fait peur. À présent, mes doigts tremblent d'appréhension...

Excellent voyage. Embarquons aujourd'hui. Lettre suivra. Souvenirs affectueux.

SAMZUN.

C'est tout ? Une dépêche n'est pas une lettre, et celle-ci devrait me rassurer de tout point. Mais elle m'arrive dans un tel moment de déséquilibre moral... « Souvenirs affectueux. » Je ne sais pas, j'aurais voulu autre chose. Et puis, je n'aime pas qu'il signe « Samzun ». Est-ce que je signe « Lajarisse » ? Ma pauvre Annie, quelle mauvaise bête t'a piquée aujourd'hui ? Et quelle rage te prend de t'aller comparer à un homme — à un homme comme Alain ?

Je vais chez Marthe, pour me fuir.

C'est Léon que j'y trouve. Comme tous les jours à cette heure-ci, il est attablé dans son cabinet de travail, que Marthe nomme la « chambre des supplices ». Des bibliothèques à grillages dorés, une belle table Louis XVI sur laquelle cet écrivain modèle n'a jamais laissé choir un pâté, car il travaille soigneusement, la paume sur un sous-main — c'est une geôle très supportable.

À mon entrée, il se lève en se tamponnant les tempes.

— Quelle chaleur, Annie ! Je ne peux accoucher de rien de bon. Et puis, je ne sais pas, mais c'est un jour mou et triste, malgré le soleil. Un mauvais jour sans moralité.

— N'est-ce pas ?

Je l'ai interrompu vivement, presque avec gratitude. Il me regarde de ses beaux yeux de bête douce, sans comprendre...

— Oui, j'aurai du mal à tirer me soixante lignes, aujourd'hui.

— Vous serez grondé, Léon.

Il hausse les épaules, habitué et las.

— Il marche, votre roman ?

En tirant sa barbe pointue, il répond avec une vanité discrète, comme son talent gris.

— Pas mal…, comme les autres.

— Parlez-moi de votre dénouement.

Léon apprécie en moi une auditrice complaisante facilement intéressée, et qui, elle du moins, prend goût, si peu que ce soit, au récit de ces adultères du grand monde, de ces nobles suicides, de ces faillites princières…

— Il ne se présente pas très bien, soupire mon pauvre beau-frère. Le mari a repris sa femme, mais elle a tâté de la liberté, et piétine, et flaire le vent. Si elle reste, ça sera plus littéraire ; mais, comme dit Marthe, ça sera plus de vente, si elle refiche le camp…

(Léon a gardé, du journaliste d'autrefois, quelques vilains mots qui me choquent.)

— Enfin, résumé-je, elle voudrait s'en aller ?

— Dame !…

— Eh bien, il faut qu'elle parte…

— Pourquoi ?

— Puisqu'elle a « tâté de la liberté »…

Léon rit mollement, tout en comptant ses pages…

— C'est drôle de vous entendre dire ça, à vous… Marthe vous attend au Fritz, ajoute-t-il en reprenant sa plume. Vous ne m'en voudrez pas de vous renvoyer, ma petite ? Je dois livrer ça en octobre, alors…

Son geste montre le tas, encore mince, des feuillets noircis.

— Travaillez, mon pauvre Léon.

— Place Vendôme, Charles !
Marthe s'est acoquinée à ces thés de cinq heures du Fritz. Comme je préfère mon petit *Afternoon Tea* de la rue d'Indy, la salle basse qui fleure le cake et le gingembre, son public de vieilles Anglaises à rangs de perles fausses, mêlé de demi-mondaines en rendez-vous discret...

Mais Marthe chérit, au Fritz, la longue galerie blanche qu'elle traverse avec un air myope de chercher quelqu'un, comme si ses menaçants yeux gris n'avaient pas, dès le seuil, compté et jaugé l'assistance, les têtes qu'elle retrouve et qu'elle surveille, les chapeaux qu'elle copiera à la maison, d'une main infaillible...

Quelle vilaine humeur est la mienne ! Voici que je pense presque mal de ma belle-sœur, en la compagnie de qui pourtant je me réchauffe et me distrais, depuis le départ d'Alain... La vérité, c'est que je tremble chaque fois qu'il me faut traverser seule cette redoutable galerie du Fritz, sous les regards de ces luncheurs, ardents surtout à dévorer leur prochain.

Cette fois encore, je me jette en avant, avec le courage des timides, je longe à grands pas le hall rectangulaire, en songeant, affolée : « Je vais me prendre le pied dans ma robe, ma cheville va tourner... ma fermeture bâille peut-être, j'ai une mèche dans le cou... », si bien que je passe droit devant Marthe sans la voir.

Elle me rattrape par la béquille de son ombrelle, et rit si haut que je pense mourir de confusion :

— Après qui cours-tu, Annie ? Tu as l'air d'une femme à son premier rendez-vous. Là, assieds-toi, donne ton ombrelle, ôte tes gants... Ouf ! Te voilà sauvée encore une fois ! Pas trop mal pour une suppliciée, cette petite figure-là ; l'épouvante te sied. Qui fuyais-tu ?

— Tout le monde.

Elle me considère avec un dédain apitoyé et soupire :

— J'ai bien peur de ne jamais rien faire de toi. Aimes-tu mon chapeau ?

— Oui.

J'ai répondu « oui », de confiance.

Toute à me remettre, je n'avais pas regardé Marthe. Son chapeau, c'est peut-être un chapeau en effet, cette Charlotte Corday de mousseline tombant en plissés autour de la figure ? En tout cas, c'est réussi. La robe en linon, l'inévitable fichu qui dégage le cou laiteux, complètent un joli travestissement 1793. C'est toujours Marie-Antoinette, mais déjà au Temple. Jamais je n'oserais sortir ainsi déguisée !

À l'aise dans son succès, elle darde autour d'elle ses yeux insoutenables que peu d'hommes affrontent ; elle croque allègrement ses rôties, regarde, parle, me rassure et m'étourdit.

— Tu viens de la maison ?
— Oui.
— Mais quoi ?
— Tu as vu Léon ?
— Oui.
— Il travaillait ?
— Oui.
— Y a pas, faut qu'il livre en octobre, j'ai des factures sérieuses... Des nouvelles d'Alain ?
— Un télégramme... il m'annonce une lettre.
— Tu sais que nous partons dans cinq jours ?
— Comme tu voudras, Marthe.
— « Comme tu voudras ! » Dieu, que tu es fatigante, ma pauvre amie ! Regarde vite, voilà Rose-Chou. Son chapeau est raté !

Le chapitre des chapeaux tient une place considérable dans l'existence de ma belle-sœur. D'ailleurs, c'est vrai, le chapeau de la Rose-Chou (une belle et fraîche créature, un peu trop épanouie, qui n'a pas, comme dit Claudine, inventé le volant en forme), le chapeau de la Rose-Chou est raté.

Marthe frétille de joie.

— Et elle veut nous faire croire qu'elle se ruine en Reboux ! La Chessenet, sa meilleure amie, m'a raconté que la Rose-Chou découd tous les fonds de chapeaux chic de sa belle-mère, pour les coller dans les siens.

— Tu le crois ?
— Il faut d'abord admettre le mal, d'emblée, on a toujours le temps de s'informer, après... Quelle chance ! Voilà Renaud-Claudine, on va les appeler ici. Maugis est avec eux.

— Mais, Marthe...
— Mais quoi ?
— Alain n'aime pas que nous fréquentions trop les Renaud-Claudine...
— Je sais bien.
— Alors, je ne dois pas...

— Puisqu'il n'est pas là, ton mari, laisse donc... c'est moi qui t'invite, ta responsabilité est à couvert.

Après tout, puisque c'est Marthe qui m'invite... Ô mon Emploi-du-Temps ! Je saurai me faire pardonner.

Claudine nous a vues. À trois pas, elle lance, pour Marthe, un vibrant « Salut, Casque-d'Or ! » qui fait retourner les têtes.

Renaud la suit, indulgent à toutes ses folies, et Maugis ferme la marche. Je n'aime pas beaucoup ce Maugis, mais je supporte, parfois amusée, son effronterie d'alcoolique souriant. Je n'en dirai rien à Alain qui professe pour ce gros débraillé coiffé d'un haut-de-forme à bords plats un dégoût d'homme sobre et correct.

Marthe s'agite comme une poule blanche.

— Claudine, vous prenez du thé ?

— Bouac, pas de thé ! Ça me rebute.

— Du chocolat ?

— Non... je voudrais du vin à douze sous le litre.

— Du... quoi ? Demandé-je ébahie.

— Chut, Claudine ! Gronde doucement Renaud, qui sourit sous sa moustache blanchissante, tu vas scandaliser madame Samzun.

— Pourquoi ? S'étonne Claudine. C'est pas sale, du vin à douze sous le...

— Pas ici, ma petite fille, nous irons en boire tous les deux, tous les deux seuls, accoudés sur le zinc du troquet, filou mais cordial, de l'avenue Trudaine. Es-tu contente (il laisse tomber sa voix), mon oiseau chéri ?

— Oui, oui ! Oh ! Que j'ai du goût ! Crie l'incorrigible.

Elle contemple son mari avec tant de puéril enthousiasme, tant d'admiration enamourée, qu'une étouffante envie de pleurer me suffoque soudain. Si j'avais demandé à Alain du vin à douze sous le litre, il m'aurait donné... la permission de me mettre au lit et de prendre du bromure !

Maugis penche vers moi sa moustache oxydée par les alcools cosmopolites :

— Vous semblez, Madame, en proie à quelques remords de ce thé tiède, de ces éclairs vomitivement chocolateux... Ce n'est point au Fritz que vous dégoterez le cordial nécessaire. Les liquides, ici, indisposeraient la clientèle du plus infime cantinier de fantabosses... Le claret à soixante centimes préconisé par madame Claudine ne m'excite, lui non plus, qu'à sourire... une jolie verte, v'là ce qu'il vous faudrait.

— Une jolie quoi ?

— Disons une bleue, si ça vous chante davantage. Un pernod d'enfant. Je préside un syndicat féministe : « Le Droit à l'absinthe ». Ce que les adhérentes rappliquent, c'est rien de le dire.

— Je n'ai jamais bu de ça, dis-je avec un peu de dégoût.

— Oh ! s'écrie Claudine, il y a tant de choses, sage Annie, auxquelles vous n'avez jamais goûté !...

L'intention qu'elle glisse sous cette phrase me rend sotte et embarrassée. Elle rit et regarde Marthe, qui répond à son coup d'œil goguenard :

— Nous comptons beaucoup, pour la former, sur « la vie facile et relâchée des villes d'eaux », ainsi que l'on s'exprime dans le dernier roman de Léon.

— Dans *Un drame du cœur ?* S'empresse Maugis, une œuvre puissante, Madame, et qui restera. Les affres d'un amour maudit mais aristocratique y sont peintes en traits de feu, d'une plume trempée dans le fiel !...

Comment, Marthe pouffe ! Ils sont là tous quatre, à railler le malheureux qui, là-bas, lime ses soixante lignes quotidiennes... Je suis gênée, effarouchée, amusée à mon corps défendant ; j'étudie le fond de ma tasse, puis je lève furtivement les yeux sur Claudine, qui, justement, me regardait, et qui murmure à son mari, tout bas, comme pour elle-même :

— Cette Annie, quels yeux merveilleux elle a, n'est-ce pas, mon cher grand ? Des fleurs de chicorée sauvage, écloses sur un sable brun...

— Oui, complète Renaud..., quand elle lève ses paupières, on dirait qu'elle se déshabille.

Tous quatre me dévisagent, avec une expression lointaine... Je souffre à crier, je souffre d'un plaisir affreux, comme si ma robe fût tout d'un coup tombée.

La première, Marthe se secoue, change la conversation :

— Quand venez-vous là-bas, Renaud-Claudine ?

— Où, ma chère ?

— À Arriège, ça va sans dire. Maintenant, hélas, tout bon Parisien a dans la peau un arthritique qui sommeille...

— Le mien a des insomnies, fait Maugis, doctoral. Je le douche au whisky. Mais vous, dame Marthe, c'est du chichi, vos cures, histoire de suivre la mode.

— Pas du tout, insolent que vous êtes ! Je vais à Arriège très sérieusement, et ces vingt-huit jours de traitement me permettent, l'hiver, de manger des truffes, de boire du bourgogne, et de me coucher à trois heures du matin… À propos, c'est bien mardi prochain qu'on pèlerine tous à la soirée Lalcade ? Ça sera plus gai qu'Arriège.

— Oui, répond Claudine. Ça sera plein de ducs, avec des princes « entre-mi ». Vous iriez sur les mains, pas, Marthe ?

— Je le pourrais, réplique Marthe un peu pincée, mes dessous sont assez soignés pour ça…

— Et puis, ronchonne Maugis, dans sa moustache, elle porte des pantalons fermés.

J'ai entendu. Nous avons tous entendu !

Un petit froid.

— Et vous, la pensive ? Questionne Claudine, arriégez-vous ?

(C'est moi la pensive… Je sursaute… J'étais déjà loin.)

— Moi, je suivrai Marthe et Léon.

— Et moi, je suivrai Renaud, pour qu'il ne suive pas d'autres jupons (c'est pour rire, mon beau !). On va se retrouver là-bas, veine ! Je vous regarderai boire de l'eau qui sent le vieux œuf, et je pourrai connaître, vos grimaces comparées, les respectifs stoïcismes de vos âmes. Vous en ferez une tête à la buvette, vous, vieux bidon de Maugis !

Ils rient, et moi je songe, angoissée, à la figure d'Alain, s'il entrait tout à coup, et m'apercevait en si incorrecte compagnie. Car enfin, la présence de Marthe ne sauve pas tout, et l'intimité n'est vraiment pas possible avec cette toquée de Claudine qui traite les gens de « vieux bidon ».

— Je n'irai pas chez madame Lalcade, Alain.
— Vous irez, Annie.
— Je serai si seule, si triste de votre départ...
— Si triste... ma modestie ne veut pas discuter. Mais non pas seule. Marthe et Léon vous accompagneront.
— Ce sera comme vous voudrez.
— Comprenez donc un peu les choses, ma chère enfant, et ne regardez pas comme une corvée tout ce que je vous conseille d'utile. Cette soirée de madame Lalcade comptera comme une... une manifestation d'art et votre absence réjouirait de méchantes gens... Ne négligez pas cette maison aimable, la seule peut-être où les gens du monde frôlent sans risque tout un lot d'artistes intéressants... Si vous saviez un peu plus vous mettre en avant, vous pourriez peut-être vous faire présenter à la comtesse Greffulhe...
— Ah ?
— Mais je ne compte guère que, surtout sans moi, vous vous fassiez valoir... Enfin !...
— Comment faudra-t-il être habillée ?
— Votre robe blanche, à ceinture de fronces serrées, me semble indiquée. Une grande simplicité, ce soir-là, Annie. Vous verrez chez madame Lalcade un petit excès de coiffures Gismonda, de robes Laparcerie... Que rien, dans votre parure, n'autorise une confusion... Restez telle que vous voici, réservée, le geste simple ; il ne faut rien ajouter, rien changer. N'est-ce pas un beau compliment que je vous fais ?

Un très beau, à coup sûr, et j'en ai senti tout le prix.
Il y a presque deux semaines de cela, et j'entends encore toutes les paroles d'Alain, sa voix qui n'hésite jamais.

Je mettrai, ce soir, ma robe blanche, j'écouterai chez madame Lalcade la triste et frivole musique de Fauré, que vont mimer des travestis... Je songe à la joie de Marthe qui remplace, presque au pied levé, une jolie marquise enrhumée... En quarante-huit heures, ma belle-sœur a chiffonné des soies changeantes, essayé un « corps » baleiné, consulté des estampes et des coiffeurs, répété un rigaudon...

— Que de monde, Léon !

— Oui. J'ai reconnu l'équipage des Voronsoff, des Gourkau, des... Ayez l'obligeance, Annie, de me boutonner mon gant...

— Qu'ils sont étroits, vos gants !

— C'est une erreur, Annie. Ils sont neufs seulement. La gantière me dit toujours : « Monsieur a une main qui fond... »

Je ne souris même pas de sa puérilité. Coquet de sa main et de son pied, mon pauvre beau-frère endure mille petits supplices, mais ne cède pas un quart de pointure à ses doigts meurtris...

Un tel flot de manteaux clairs déborde, par la porte de la serre-vestiaire, jusque dans le jardin, que la crainte et l'espoir de n'y pouvoir pénétrer m'agitent une minute... D'un coude insinuant, Léon me fraie un lent passage. Évidemment, j'entrerai, mais ma robe périra... Un coin de miroir, de grâce, car il me semble bien que mon lourd catogan se délie... Entre deux somptueux paquets, je mire un morceau de moi-même : mince, brune comme une fille de couleur, c'est Annie, et la douceur, soumise jusqu'à sembler traîtresse, de ses yeux aussi bleus que la flamme du gaz en veilleuse.

— Ça va bien, ça va bien. Très en forme, ce soir, l'enfant battue !

Le miroir reflète à présent, tout près de la mienne, la silhouette nerveuse de Claudine, le décolletage en pointe aiguë de sa robe jaune qui ondule comme une flamme...

Je me retourne pour lui demander, assez sottement :

— Je viens de perdre Léon... Vous ne l'avez pas vu ?

La diablesse jaune éclate de rire :

— Je ne l'ai pas sur moi, ma pure vérité ! Vous y teniez vraiment ?

— À quoi ?

— À votre beau-frère ?

— C'est que... Marthe figure ce soir, et je n'ai que lui.

— Il est peut-être mort, dit Claudine avec un sérieux macabre. Ça n'a aucune importance. Je vous chaperonnerai aussi bien. On s'assoira, on regarda les épaules huileuses des vieilles dames, on cognera dessus si elles parlent pendant la musique, et je mangerai toutes les fraises du buffet !

L'alléchant programme (ou l'autorité irrésistible de Claudine ?) me décide. Je fais, tête basse, mon premier pas dans l'atelier où peint et reçoit madame Lalcade. Il ruisselle de fleurs...

— Elle a invité tous ses modèles, chuchote ma compagne.

... Il étincelle de femmes, si serrées que leurs têtes seules virent et penchent, à chaque entrée sensationnelle, comme un champ de lourds pavots sous le vent...

— Jamais nous ne nous assoirons là-dedans, Claudine !

— Pardi, vous allez voir ça !

Le souriant sans-gêne de Claudine ne connaît point l'insuccès. Elle conquiert une demi-chaise, y frétille des reins jusqu'à invasion complète, et m'installe, Dieu sait comment, à côté d'elle.

— Là ! Aga le joli rideau de scène à guirlandes ! Oh ! Que j'aime tout ce qu'on ne voit pas derrière ! Aga aussi Valentine Chessenet en rouge, et ses yeux de lapin, en rouge également... Vrai, Marthe a un rôle ? Aga encore, Annie, madame Lalcade qui nous dit bonjour par-dessus cinquante-trois dames. Bonjour, Madame ! Bonjour, Madame ! Oui, oui, nous sommes très bien. Les trois quarts de nos séants ont de quoi reposer leur tête.

— On va vous entendre, Claudine !

— Qu'on m'entende ! réplique la redoutable petite créature. Je ne dis rien de vilain, mon cœur est pur et je me lave tous les jours. Ainsi ! Bonjour, grosse panse de Maugis ! Il vient pour voir Marthe décolletée jusqu'à l'âme, et peut-être aussi pour la musique... Oh ! Que la Rose-Chou est belle, ce soir ! Je vous défie, Annie, de distinguer à trois pas la fin de sa peau et le commencement de sa robe rose. Et quelle viande saine et abondante ! À quatre sous la livre, il y en a au moins pour cent mille francs ! Non, ne cherchez pas combien ça fait de kilos... Voilà Renaud, là-bas, dans la porte.

(Sans qu'elle s'en doute, tout de suite, sa voix s'est adoucie.)

— Je ne vois rien.

— Moi non plus, qu'une pointe de moustache, mais je sais que c'est la sienne.

Oui, elle sait que c'est lui. Petit animal aimant et fougueux, elle le flaire à travers tant de parfums, tant de chaleurs, tant d'haleines... Ah ! Que leur amour me rend triste, chaque fois !

L'électricité meurt brusquement, et l'enragé papotage aussi après ce *ah* ! De surprise vulgaire qui jaillit de la foule, à la première fusée du Quatorze Juillet... Sur la scène, toujours close, pleuvent déjà les gouttes des harpes, nasillent les mandolines égratignées : « Oh ! Les filles. Venez, les filles... » Et le rideau s'ouvre lentement...

— Oh ! Que j'ai du goût, murmure Claudine ravie.

Sur la grisaille d'un fond de parc, Aminte, Tircis et Clitandre, et

Cydalise, et l'Abbé, et l'Ingénue, et le Roué, gisent et s'alanguissent, comme revenus de Cythère. L'escarpolette balance à peine, sous le poids léger d'une bergère en panier, vers qui tendent les vœux du berger zinzolin. Une belle feuillette l'album de musique et se penche trop pour suivre la molle chanson qu'esquissent les doigts énervés de l'amant... Rêveurs désabusés, musique incrédule et souriante, tout cet enchantement fuit, trop tôt, devant les allègres accords qui annoncent le Rigaudon.

— Quel dommage ! Soupire Claudine.

Des couples graves, en habits changeants, paradent, pirouettent et saluent. La dernière marquise, tout en argent glacé, au bras d'un marquis bleu céleste, c'est Marthe, éclatante, qu'un murmure admirant salue et que je reconnais à peine.

La volonté d'être belle la transfigure. Le roux de ses cheveux brille çà et là, feu mal éteint sous cette cendre de poudre. Les yeux ardents pâlis par le maquillage, la gorge en pommes découverte jusqu'à l'impossible, elle pivote, sérieuse, sur de périlleux talons pointus, plonge en révérences, lève sa petite main fardée et darde sur le public, l'instant d'une pirouette, son plus terrible regard de Ninon anarchiste... Sans beauté réelle, sans grâce profonde, Marthe éclipse toutes les jolies créatures qui dansent à ses côtés.

Elle a *voulu* être la plus belle... Que je veuille une pareille chose, moi... Pauvre Annie ! La musique pompeuse et triste te raille, t'amollit, t'étreint jusqu'aux larmes ; et tu gâtes ton émotion en te retenant de pleurer, en songeant à l'invasion proche et cruelle de la lumière, aux regards avisés de Claudine...

Ma très chère Annie,

Votre lettre m'arrive bien juste avant l'embarquement, et vous n'accuserez, de la brièveté de celle-ci, que la hâte du départ. J'ai plaisir à vous savoir si brave, si attachée à tout ce qui fait la vie d'une femme simple et de bon monde : votre mari, votre famille, votre joli logis net et bien ordonné.

Car il me semble que je puis, que je dois, de loin, vous faire les compliments que je retiens auprès de vous. Ne m'en remerciez pas, Annie, c'est un peu mon œuvre que j'admire : une aimable enfant, façonnée peu à peu et sans grande peine, en jeune femme irréprochable, en ménagère accomplie.

Le temps est magnifique ; nous pouvons compter sur une traversée parfaite. Vous pouvez donc espérer que les choses iront normalement, jusqu'à Buenos Ayres. Vous savez que j'ai une belle santé et que le soleil ne me fait pas peur. Ainsi, ne vous énervez pas si les courriers sont rares et irréguliers. Je me contraindrai moi-même à ne point trop attendre vos lettres, qui me seront pourtant bien précieuses.

Je vous embrasse, ma très chère Annie, de toute mon affection inébranlable. Je sais que vous ne sourirez pas de ma formule un peu solennelle, le sentiment qui m'attache à vous n'a rien de frivole.

Votre

Alain SAMZUN.

L'index sur une tempe qui bat, j'ai lu sa lettre péniblement. Car me voici en proie, une fois de plus, à cette migraine terrassante, qui, presque périodiquement, me désespère. Les mâchoires contractées, l'œil gauche clos, j'écoute dans ma pauvre cervelle un marteau incessant. À chaque heurt mes paupières tressaillent. Le jour me blesse, l'obscurité m'étouffe.

Autrefois, chez grand-mère, je respirais de l'éther jusqu'à l'insensibilité, mais, aux premiers mois de notre mariage, Alain m'a trouvée un jour à demi pâmé sur mon lit, un flacon serré dans ma main, et il m'a interdit de recommencer. Il m'a parlé très sérieusement, très clairement, des dangers de l'éther, de l'horreur qu'il professe pour ces « remèdes d'hystérique », de l'innocuité, en somme, des migraines : « toutes les femmes en ont ! » Depuis, je me laisse souffrir avec le plus de patience que je puis, me bornant, sans succès, aux compresses bouillantes et à l'hydrothérapie générale.

Mais aujourd'hui, je souffre si fort que j'ai envie de pleurer, et que la vue de certains objets blancs, feuille de papier, table laquée, draps du lit ouvert où je me suis étendue, me donne la contraction de gorge, la nausée nerveuse que je connais bien et que je redoute. La lettre d'Alain — tant espérée pourtant ! — je la trouve froide, incolore, il faut que mon mal soit bien méchant… Je la relirai plus tard…

Léonie entre. Elle prend beaucoup de soin pour ne pas faire de bruit : elle ouvre la porte très doucement et la referme rudement, l'intention du moins est méritoire.

— Madame a toujours mal ?

— Oui, Léonie…

— Pourquoi que Madame ne prend pas…

— Un verre de cognac ? Non, merci.

— Non, Madame, mais un peu d'éther.

— Monsieur n'aime pas que je me drogue, Léonie ; l'éther ne me vaut rien.

— C'est Monsieur qui fait croire ça à Madame, que ça peut faire mal à Madame, mais pour connaître quelque chose aux misères des femmes, ne me parlez pas d'un homme. Moi, je prends toujours de l'éther quand la névralgie me tient.

— Ah ! Vous… vous en avez ici ?

— Un flacon tout neuf. Je vais le chercher à Madame.

La divine odeur puissante détend mes nerfs. Je m'allonge sur mon lit, le flacon sous mes narines, je pleure des larmes de faiblesse et de plaisir. Le méchant forgeron s'éloigne, ce n'est plus maintenant qu'un doigt qui frappe ma tempe, discret, cotonneux. Je respire si fort que mon gosier est tout sucré…, mes poignets sont lourds.

Des rêves vagues qui passent, tous barrés d'une ligne de lumière : celle qui filtre entre mes paupières à demi fermées. Je vois Alain, dans un costume de tennis qu'il portait il y a huit ans, un été, un maillot blanc que sa chair teintait de rose… Je suis moi-même la toute jeune Annie d'alors, avec ma natte lourde que terminait une boucle molle… Je touche ce doux maillot rosé, qui m'émeut autant qu'une peau vivante, tiède comme la mienne, et je me dis confusément qu'Alain est un petit garçon, que cela n'a pas d'importance, pas d'importance, pas d'importance… Il est passif et vibrant, il abaisse sur ses joues enflammées de longs cils noirs qui sont ceux d'Annie… Comme, sous le doigt, cette peau est veloutée ! Pas d'importance… pas d'importance…

Mais une balle de tennis vient me frapper durement la tempe, et je la saisis au vol, blanche, tiède…, une voix nasillarde déclare, tout près de moi : « C'est un œuf de coq. » Je n'en suis point surprise, puisque Alain est un coq, un coq rouge au fond des assiettes. Il gratte d'une patte arrogante la faïence qui crisse à rendre fou, et chante : « Moi, moi, je… » Qu'est-ce qu'il dit ? Je n'ai pas pu entendre. La barre de lumière gris bleu le coupe en deux, comme un sautoir de Président de la République, puis c'est le noir, le noir, une mort délicieuse, une chute lente que soutiennent des ailes…

Une vilaine action, une vilaine action, oui, Annie, cela ne peut s'appeler autrement ! Une désobéissance, et réfléchie, et complète, à la volonté d'Alain. Il a raison de me défendre cet éther qui me rend irresponsable… Je m'accuse en toute humilité deux heures après, seule avec mon image, assise à ma coiffeuse où je lisse et renoue mes cheveux défaits. Ma tête est libre, vide et claire. Les yeux cernés, la bouche pâlie, l'inappétence, malgré mon jeûne d'un jour, accusent seuls ma débauche du poison aimé. Pouah ! La vapeur refroidie et passée de l'éther colle aux rideaux ; il faut de l'air, de l'oubli — si je puis…

Ma fenêtre, au second étage, s'ouvre sur un triste horizon : la cour étroite, le cheval d'Alain qu'on panse, un gros palefrenier en chemise à carreaux. Au bruit de ma fenêtre, un bull noir assis sur le pavé lève son museau carré… Comment c'est toi, mon pauvre Toby ! Toi l'exilé, toi le honni ! Il est debout, petit et sombre, et agite vers moi le souvenir de sa queue coupée.

— Toby ! Toby !

Il saute, il gémit en sifflant. Je me penche.

— Charles, envoyez-moi Toby par l'escalier de service, s'il vous plaît.

Toby a compris avant lui et s'élance. Une minute encore et le pauvre bull noir est à mes pieds, convulsif, délirant d'humidité et de tendresse, la langue et les yeux hors de la tête…

Je l'avais acheté, l'an dernier, à un homme d'écurie de Jacques Delavalise, parce que c'était vraiment un beau petit bull de huit mois, pas équarri, sans nez, des yeux limpides et un peu bridés, des oreilles comme des cornets acoustiques. Et je l'avais ramené à la maison, assez fière, un peu craintive. Alain l'examina en connaisseur, sans malveillance.

— Cent francs, dites-vous ? Ce n'est pas cher. Le cocher sera content, les rats détruisent tout dans l'écurie.

— Dans l'écurie ! Mais je ne l'avais pas acheté pour cela. Il est joli, je voudrais le garder pour moi, Alain...

(Haussant les épaules) :

— Pour vous ? Un bull d'écurie dans un salon Louis XV, n'est-ce pas ? Ou sur les dentelles de votre lit ? Si vous tenez à un chien, ma chère enfant, je vous chercherai un petit havanais en soie floche, pour le salon, ou encore un grand sloughi... les sloughis vont avec tous les styles.

Il a sonné et désigné à Jules mon pauvre Toby noir qui mâchait ingénument un gland de fauteuil :

— Portez ce chien à Charles, qu'il lui achète un collier, qu'il le tienne propre, et qu'il me dise s'il tue bien le rat. Le chien s'appelle Toby.

Depuis, je n'ai revu Toby que par la fenêtre. Je l'ai vu souffrir et penser à moi, car nous nous étions aimés à première vue.

Un jour, j'ai gardé de petits os de pigeon et les lui ai portés dans la cour, en me cachant. Je suis rentrée le cœur gros, avec un malaise que j'ai cru dissiper en avouant à Alain ma faiblesse. Il ne me gronda presque pas.

— Êtes-vous enfant, Annie ! Si vous voulez, je dirai à Charles qu'il prenne quelquefois le bull avec lui, sous le siège, quand vous sortirez. Mais que je ne rencontre jamais Toby dans l'appartement, jamais, n'est-ce pas ? Vous m'obligerez beaucoup.

Aujourd'hui, il ne me suffirait pas, pour m'alléger de tout souci, disons franchement : de tout remords, d'avouer à Alain la présence de Toby dans ma chambre à coucher. Ceci, qui m'eût fait trembler, la semaine passée, est une vétille auprès de mon ivresse d'éther, coupable et délicieuse.

Dors sur le tapis à roses grises, Toby noir, dors avec de grands soupirs de bête émue : tu ne retourneras pas à l'écurie.

Arriège.

Une odeur d'orangers en fleur et de bain de barège monte par ma fenêtre ouverte. « L'odeur locale », m'explique obligeamment le garçon qui monte les malles. Je m'en doutais. Marthe m'assure qu'on s'y habitue en quarante-huit heures. À celle des orangers fleuris, plantés en haie devant l'hôtel, d'accord. Mais l'autre, la senteur sulfureuse qui poisse la peau, horreur !

Je m'accoude, déjà découragée, pendant que Léonie, à qui son feutre de voyage donne l'air d'un gendarme en civil, ouvre ma grande malle en paille de bois, et dispose les bibelots d'argent de mon sac comme pour la parade.

Que suis-je venue faire ici ? Je me sentais moins seule à Paris, dans ma chambre aune, auprès du portrait d'Alain, qu'entre ces quatre murs de chaux rose à soubassement gris. Un lit de cuivre dont j'inspecte, soupçonneuse, la literie fatiguée. Une toilette trop petite, une table à écrire que je convertirai en table à coiffer, une table pliante, montée sur X, que je convertirai en table à écrire, des fauteuils quelconques et des chaises ripolinées... Il faudra vivre là-dedans combien de jours ? Marthe a dit « Ça dépend ».

Ça dépend de quoi ? Je n'ai osé l'interroger davantage.

J'entends, de l'autre côté du corridor dallé, sa voix perçante et les répliques sourdes de Léon, qui ne me parviennent pas, mettent du vide entre les phrases. Je m'engourdis, isolée de tout, du lieu où je suis, de Marthe, d'Alain, de l'avenir pénible, du temps qui coule...

— On descend, Annie ?

— Ah ! Marthe ! Tu m'as fait peur ! Mais je ne suis pas prête.

— Qu'est-ce que tu fabriques, grands dieux ? Ni lavée, ni coiffée ? Je t'en prie, ne commence pas à faire le « poids mort ».

Ma belle-sœur est pomponnée comme pour le Fritz, fraîche, maquillée et rose. Les onze heures de chemin de fer lui sont clémentes. Elle déclare qu'elle « veut aller à la musique » qui joue dans le parc.

— Je vais me dépêcher. Et Léon ?

— Il lave son corps divin. Allons, Annie, ouste ! Qu'est-ce qui t'arrête ?

J'hésite, en corset et en jupon, à me déshabiller si complètement devant Marthe. Elle me regarde comme un animal rare.

— Ô Annie, sainte Annie, il n'y a pas deux poires comme vous ! Je tourne le dos, étrille tes charmes sans angoisse.

Elle s'en va à la fenêtre. Mais la chambre elle-même me gêne, et je me vois dans la glace, brune et longue comme une datte... Marthe, effrontée et brusque, fait volte-face. Je crie, je colle mes bras à mes flancs mouillés, je me tords et je supplie... Elle ne semble pas m'entendre, et braque curieusement son face-à-main :

— Drôle de créature ! Tu n'es pas d'ici, évidemment. Tu as l'air d'une bonne femme des mosaïques d'Égypte... ou d'un serpent debout... ou d'une jarre en grès fin... Stupéfiant ! Annie, tu ne m'ôteras pas de l'idée que ta mère a fauté avec un ânier des Pyramides.

— Je t'en prie, Marthe ! Tu sais bien que ces plaisanteries-là me choquent à un point...

— On le sait. Attrape ta chemise, grande sotte ! À ton âge faire la pensionnaire comme ça !... Moi, j'irais toute nue devant trois mille personnes, si c'était la mode. Dire qu'on cache toujours ce qu'on a de mieux !

— Oui ? Madame Chessenet ne serait sûrement pas de ton avis !

— Savoir ! (Tu ne l'aimes pas ? Ça m'amuse.) Elle doit porter des seins dernier cri, en étole, les pans jusqu'aux genoux.

Cette présence bavarde tonifie ma paresse, finit par chasser ma pudeur bébête. Et Marthe a le don de se faire pardonner presque tout.

Je noue ma cravate de tulle blanc devant la glace, tandis que Marthe, penchée à la fenêtre, me décrit ce qui se passe sous ses yeux :

— Je vois, oh ! Je vois des bonnes balles... je vois Léon qui nous cherche avec des airs de caniche perdu... il nous croit à la musique, bon débarras !

— Pourquoi ?

— Crainte qu'il me rase, tiens ! Je vois une dame renversante, toute en valenciennes, mais une binette ridée de vieille reinette... Je vois des dos idiots d'hommes en panamas pétris comme des meringues ratées... Je vois... ah !

— Quoi ?

— Hep, hep ! Eh bien, c'est pas malheureux ! Oui, oui, c'est nous, montez !

— Tu es folle, Marthe ! Tout le monde te regarde. À qui en as-tu ?

— À la petite van Langendonck.

— Calliope ?

— Elle-même !

— Elle est ici ?

— Probable, puisque je l'appelle.

Je fronce involontairement les sourcils : encore une relation qu'Alain désirerait couper, et qu'il tient à longue distance ; non que cette petite Cypriote, veuve d'un Wallon, fasse parler d'elle autant qu'une Chessenet ; mais mon mari lui reproche une beauté voyante et pâmée qu'il ne trouve pas de bon ton. Je ne savais pas qu'il y eût pour la beauté un code de convenances... mais Alain l'affirme.

Calliope van Langendonck, dite « la Déesse aux yeux pers », annoncée par un murmure élégant d'étoffes, effectue une entrée théâtrale, accable Marthe de baisers, de paroles, de dentelles traînantes, de regards lazuli, glissant entre des paupières armées de cils brillants comme des lances — puis s'abat sur moi. J'ai honte de me sentir si peu expansive, et je lui offre un fauteuil. Marthe la larde déjà de questions :

— Calliope, quel est le ponte fortuné que vous remorquez ici cette année ?

— What is it ponte ? Ah ! Oui... Pas dé ponte, jé suis toute seule.

Elle répète souvent les phrases qu'on vient de dire, avec un air câlin de s'écouter et de traduire. Est-ce coquetterie, ou ruse pour se donner le temps de choisir sa réponse ?

Je me souviens que cet hiver elle mêlait le grec, l'italien, l'anglais et le français, avec une ingénuité trop complète pour être sincère. Son « babélisme » ainsi que dit Claudine, qu'elle amuse à la folie, son charabia soigneusement cultivé retient l'attention comme un charme de plus.

— Seule ? Racontez ça à d'autres !

— Si ! Il faut soigner deux mois par anno, pour rester belle.

— Ça lui réussit jusqu'à présent, pas, Annie ?

— Oh ! Oui. Vous n'avez jamais été plus jolie, Calliope. Les eaux d'Arriège vous font du bien, n'est-ce pas ?

— Les eaux ? Je prends *never*, ... jamais...

— Alors, pourquoi...

— Parce que l'altitude est excellente ici, et que je rencontre gens que je connais, et que je peux faire toilettes économiques.

— Femme admirable ! Pourtant, le soufre, c'est bon pour peau ?

— Non, c'est kakon, movais pour peau. Je soigne peau avec recette spéciale, turque.

— Dites vites, je pantèle, et je suis sûre qu'Annie n'a plus un fil de sec.

Calliope, qui a laissé tous ses « articles » dans l'île de Chypre, écarte doctoralement des mains scintillantes :

— Vous prenez... vieux boutons de *gloves*, en nacre, vous mettez dans un *avgothiki*... coquetier... et vous pressez citron tout entier dessus... Le lendemain, elle est en pâte...

— Qui, *elle* ? Madame Loubet ?

— Non. Les boutons et le citron. Et vous étalez sur figure, et vous êtes plus blanc, plus blanc, que...

— Ne cherchez pas. Je vous remercie infiniment, Calliope...

— Je peux ancora donner recette pour détacher lainages...

— Non, assez, bon Dieu, assez ! Pas tout le même jour !... Depuis quand vous êtes à Arriège ?

— Depuis... un, due, three... sept jours... Je suis si heurèse de vous voir ! Je veux plus vous quitter. Quand vous avez appelé tout à coup par la *wind*... fenêtre, j'ai eu *spavento* et j'ai laissé *drop* mon ombrelle !...

Je suis désarmée. Devant ce polyglottisme déchaîné, Alain lui-même ne tiendrait pas son sérieux. Si cette légère créature peut me rende courtes les longues heures de ma « saison » je la verrai tant qu'elle voudra — à Arriège.

Quel besoin avait Marthe de me traîner autour de ce kiosque à musique ! J'en rapporte une étreignante migraine, et l'empreinte, presque physique, sur ma peau, de tous ces regards sur nous. Ces gens-là, baigneurs et buveurs d'Arriège, nous ont épluchées, dévorées, avec des yeux de cannibales. J'appréhende maladivement les potins, les espionnages et les délations de ces désœuvrés minés d'ennui. Heureusement, bien peu de visages connus, excepté la petite Langendonck. Les Renaud-Claudine arrivent dans trois jours, ils ont retenu leur appartement.

Triste chambre que celle-ci ! L'électricité crue tombe du plafond sur mon lit vide et mort... Je me sens seule, seule, au point de pleurer, au point d'avoir retenu Léonie pour me décoiffer, afin de garder auprès de moi une présence familière... Viens, mon Toby noir, petit chien chaud et silencieux qui adores jusqu'à mon ombre, reste à mes pieds, tout fiévreux du long voyage, agité de cauchemars ingénus... Peut-être rêves-tu qu'on nous sépare encore ?...

Ne crains pas, Toby, le maître sévère, il dort à présent sur l'eau sans couleur ; car les heures de son coucher sont ordonnées comme toutes celles de sa vie... Il a remonté son chronomètre, il a couché son grand corps blanc, froid du tub glacial. Songe-t-il à Annie ? Est-ce qu'il soupirera la nuit, est-ce qu'il s'éveillera dans le noir, le noir profond, que ses pupilles dilatées peupleront de lunules d'or et de roses processionnantes ? S'il appelait, à cette minute même, son Annie docile, s'il cherchait son odeur de rose et d'œillet blanc, avec le sourire martyrisé de l'Alain que je n'ai vu et possédé qu'en songe ? Mais non. Je le sentirais à travers l'air et la distance...

Couchons-nous, mon petit chien noir. Marthe joue au baccara.

Mon cher Alain,

Je m'accoutume à cette vie d'hôtel. C'est un effort qui, je l'espère, me sera compté par vous, de même que je vous fais honneur de chaque victoire remportée sur mon apathie.

Les journées me sont plus longues pourtant qu'aux baigneurs effectifs. Marthe, vaillante comme toujours, se soumet à un traitement très dur de douches et de massages. Léon boit seulement ; moi je regarde.

Nous avons rencontré ici madame van Langendonck, qui est seule. Croyez, cher Alain, que je n'ai point recherché cette rencontre. Marthe l'accueille bien et dit que les amitiés de villes d'eaux se coupent à Paris le plus aisément du monde. J'espère que vous voilà rassuré sur le superficiel de nos relations. Et d'ailleurs, elle habite l'hôtel du Casino, tandis que nous logeons au Grand-Hôtel.

Je crois aussi que les Renaud-Claudine débarquent dans peu de jours. Il nous sera presque impossible de ne pas les voir ; il me semble d'ailleurs que vous considérez le mari comme acceptable, parce qu'il connaît toute la terre. Quant à sa femme, nous aviserons à agir au mieux, et pour cela je me fie à Marthe, qui tient de vous un sens très fin de la décision opportune.

Je vous parle de nous, cher Alain. Vous m'avez défendu de vous importuner de ma sollicitude, inutile mais si bien intentionnée ! Sachez donc encore que nous nous levons à sept heures moins le quart, qu'à sept heures sonnantes nous sommes assises aux petites tables de la laiterie. On trait devant nous un lait mousseux et chaud, que nous buvons lentement en regardant monter le brouillard que le soleil aspire.

Il faut bien déjeuner dès sept heures, car la douche est à dix. On vient là au saut du lit sans prendre le temps même d'une toilette sommaire. Ce petit lever ne réussit pas à toutes le femmes, et j'admire comme Marthe supporte cette épreuve. Elle paraît enveloppée de linons et de mousselines, en capuchons ruchés et neigeux qui l'avantagent extrêmement.

Votre Annie n'y déploie pas tant d'art ; elle arrive en jupe tailleur et en blouse de soie molle, et l'absence de corset ne me change guère la taille. Ma natte de la nuit relevée en catogan par un ruban blanc, un chapeau paillasson en forme de cloche, ... voilà une tenue qui ne fait pas émeute.

Après deux tasses de lait et autant de petits croissants, promenade dans le parc, retour à l'hôtel pour le courrier et la toilette — à dix heures, douche. Marthe disparaît, et je reste seule jusqu'à midi. Je flâne, je lis, je vous écris. Je *cherche à m'imaginer votre vie, votre cabine, l'odeur de la mer, le battement de l'hélice...*

Adieu, cher Alain, prenez bien soin de vous-même, et de votre affection pour

ANNIE.

C'est tout ce que je trouve à lui écrire. Je me suis interrompue vingt fois, une maladresse au bout de ma plume... Quel mauvais esprit m'habite, pour que j'écrive déjà « maladresse » là où il faudrait « franchise » ?...

Mais pouvais-je écrire tout ? Je crains, même de loin, la colère de mon mari, s'il apprend que je vis côte à côte avec Calliope, avec Maugis arrivé depuis trois jours et qui ne nous quitte guère... Le train de 5 heures 10 amène demain Claudine et son mari... Lâchement je me dis qu'un aveu bien complet au retour d'Alain, me vaudra seulement un grand sermon. Il n'aura pas vu Calliope à la laiterie le matin en « déshabillé galant » — si déshabillé et si galant, que je détourne les yeux pour lui parler — des tulles qui dégringolent, des pelisses à fanfreluches qui bâillent sur la peau dorée, et d'extraordinaires mantilles de blonde pour voiler les cheveux mal relevés. Hier matin, pourtant, elle arrive embobelinée dans un vaste cache-poussière, en soie glacée d'argent, si hermétique et si convenable que je m'étonne. Autour de nous les panamas et les casquettes à carreaux regrettent et cherchent les coins de peau ambrée.

Je lui fais compliment de sa correction. Elle éclate de son rire déchirant et s'écrie : « Je crois bien ! C'est forcé ! J'ai pas de chemise dessous ! »

Je ne savais où me mettre. Les casquettes et les panamas se sont penchés vers elle, d'un mouvement automatique de marionnettes qui saluent...

Heureusement, Calliope est seule. Seule ? Hum ! J'ai parfois, marchant auprès d'elle, croisé des messieurs très bien, qui se détournaient avec une discrétion si affectée, une indifférence si parfaite. Elle passait, roide dans sa petite taille, avec un coup de paupières en éventail, qu'elle a voulu m'apprendre, sans y réussir.

L'heure de la douche nous rapproche l'une de l'autre, en faisant le désert autour de nous. Léon, très déprimé ces temps-ci, vient s'asseoir à notre table et risque des cravates déconcertantes, des gilets vifs qui vont bien à son teint mat. Il s'éloigne de quart d'heure en quart d'heure, pour les quatre verres d'eau ; il tente un essai de cœur littéraire auprès de Calliope. À mon grand étonnement, elle le reçoit avec un dédain peu déguisé, un froid regard bleu tombant de haut qui signifie : « Que veut cet esclave ? »

Il y a encore... Marthe. Oui, Marthe. Même pour écrire ceci, j'hésite... Ce Maugis la suit de trop près, et elle supporte sa présence comme si elle ne s'en apercevait pas. Je ne puis le croire. Les étincelants yeux gris de Marthe voient tout, écoutent tout, saisissent la pensée derrière les yeux qu'ils regardent. Comment n'arrache-t-elle pas sa petite main potelée et fine, aux lèvres de cet individu, qui lui disent, deux fois par jour, un bonjour et un adieu prolongés ? Maugis sue l'alcool. Il est intelligent, d'accord, instruit sous sa blague à demi gâteuse ; il tire l'épée, m'a dit Alain, d'un poignet redoutable que l'absinthe ne fait pas encore trembler. Mais... pouah !

Elle s'amuse, je veux l'espérer. Elle coquette pour le plaisir de voir les yeux globuleux de son adorateur s'injecter et s'attendrir en la regardant. Elle s'amuse...

Je viens d'accompagner Marthe à sa douche. J'en tremble encore.

Dans une affreuse cabine de sapin brut, ruisselante de toutes ses parois, pénétrée de soufre et de vapeur d'eau, j'ai assisté, derrière un paravent de bois, au supplice sans nom qu'est cette douche-massage. En un tour de main, Marthe est nue. Je clignote devant tant de sans-gêne et de blancheur. Marthe est blanche comme Alain, avec plus de rose dessous. Sans un frisson de malaise, elle tourne vers moi une croupe effrontée, marquée de fossettes profondes, tandis qu'elle sangle autour de ses tempes un bonnet de caoutchouc, un serre-tête abominable, une façon de marmotte de poissarde.

Puis elle vire... et je reste frappée du caractère que prend cette jolie tête de femme, ainsi privée de ses cheveux ondés : des yeux aigus jusqu'à la folie, la mâchoire courte et solide, l'arcade sourcilière peuple et brutale, je cherche en vain la Marthe que je connais dans celle-ci qui me fait peur. Cette figure inquiétante rit au-dessus d'un corps mignon et gras, presque trop féminin, tout en excès de minceurs et de rondeurs...

— Annie, hep ! Tu dors debout ?

— Non. Mais j'en ai déjà assez. Cette cabine, ce bonnet...

— Hein, Catherine, croyez-vous qu'elle est brave, ma petite belle-sœur ? Si nous lui donnions à nous deux une bonne douche, à grand jet ?

Je considère avec appréhension la créature sans sexe, en tablier ciré, juchée sur des socques de bois. Elle rit sur des gencives rouges.

— Si Madame veut se coucher... Le quart d'heure est déjà bien entamé.

— Voilà, voilà.

D'un bond, Marthe franchit le rebord d'une espèce de cercueil ouvert, incliné, que je n'avais pas vu d'abord et s'y étend, les mains sur les seins, pour les préserver du choc trop rude. Le jour d'en haut éclaire les veines de sa peau, sculpte les plis minces, touche brutalement à tout l'or roux qui moutonne sur elle... Je rougis dans l'ombre... Je n'aurais jamais cru Marthe si velue... Je rougis davantage, en songeant que sur le corps d'Alain fleurit la même abondance d'or rose comme du cuivre. Marthe attend en fermant les yeux, les coudes tremblants, et la créature sans sexe braque sur elle deux gros tubes de caoutchouc, qui pendent du plafond...

Des cris perçants, des clameurs suppliantes éclatent... Sous le jet froid, plus gros que mon poignet, qui tombe d'aplomb sur elle et se promène de la poitrine aux chevilles, Marthe se tord comme une chenille coupée, sanglote, grince, injurie, ou soupire — lorsque le jet bouillant succède au jet froid, adoucie, consolée.

La créature douche d'une main et claque de l'autre, claque sans pitié, d'une grande main solide, ce corps délicat qui se marbre de rouge brûlant.

Après cinq minutes de ce tourment effroyable, un grand peignoir chaud, une friction sèche, et Marthe, délivrée de l'odieux serre-tête, me regarde en haletant, de grosses larmes au coin des yeux.

D'une voix étranglée, je lui demande si c'est ainsi tous les matins.

— Tous les matins, mon petit. Hein ! Claudine le déclarait l'an dernier : « Ça et le tremblement de terre, on n'a rien trouvé de mieux pour faire circuler le sang. »

— Oh ! Marthe, c'est affreux ! Ce jet plus rude qu'un gourdin qui t'a fait pleurer, sangloter... Quelle horreur !

À demi rhabillée, elle tourne vers moi un bizarre sourire en coin, les narines encore battantes :

— Je ne trouve pas.

Les repas, ici, me sont un supplice. Nous avons le choix entre deux restaurants, qui tous les deux dépendent du casino ; car les hôtels ne servent point de repas, et cette ville d'eaux, qui n'a de ville que le nom, se compose du casino, de l'établissement thermal, et de quatre grands hôtels. Ces réfectoires où l'on se rend comme des pensionnaires ou des prisonniers, où l'on grille à midi sous le rude soleil montagnard, suffisent à me couper l'appétit. J'ai songé à me faire servir dans ma chambre, mais on m'apportera la desserte tiède, et puis, ce ne serait pas gentil pour Marthe, à qui les repas sont des prétextes à potiner et à fouiner... Je parle déjà comme elle !

Calliope s'assied à la même table que nous, et Maugis aussi, que je supporte mal. Marthe s'occupe de lui, paraît s'intéresser à ses articles de critique, quémande, autoritaire, un article sur *Un Drame du cœur*, le dernier roman de mon beau-frère, pour fouetter la vente et encourager les villes d'eaux...

Léon dévore les viandes coriaces avec un appétit d'homme anémié et ne lâche pas Calliope, qui persiste à le renvoyer à ses soixante lignes, méprisante comme une fille de roi pour un scribe à gages. Drôle de petite femme ! Je l'avoue ; c'est moi qui la recherche maintenant. Elle se raconte avec une volubilité embarrassée, pêchant dans une langue étrangère le mot qui lui fait défaut dans la nôtre, et j'écoute comme un conte de fées le récit cahoté de sa vie.

C'est surtout pendant la douche de Marthe, à l'heure déserte, que je m'oublie à l'entendre. Je m'assieds en face d'elle dans un grand fauteuil d'osier, derrière la laiterie et j'admire, pendant qu'elle parle, sa beauté parée et en désordre.

— Quand j'étais petite, dit Calliope, j'étais très belle.

— Pourquoi « j'étais » ?

— Because je suis moins. La vieille qui lavait le linge me crachait toujours dans la figure.

— Oh ! La dégoûtante ! Vos parents ne l'ont pas mise à la porte ?

Le beau regard bleu de Calliope me couvre de dédain :

— À la porte ? Chez nous, il faut les vieilles cracher sur les jolies petites, en disant « *Phtu ! phtu !* » : c'est pour conserver belles et garder contre mauvais œil. Je suis conservée kallista aussi, pourquoi ma mère, le jour du baptême, a fait mettre repas sur table, la nuit.

— Ah ?

— Oui. On pose sur la table beaucoup de choses pour manger, et on se couche. Alors, les mires vient.

— Qui ?

— Les mires. On les voit pas, mais elles arrivent pour manger. Et on range chaque chair, *chiesa*, comment vous dites ? Chaise, bien contre mur, parce si une des mires cognait son coude en passant pour *sit* à table, elle donnerait... mauvais sort sur petit enfant.

— Que c'est joli, ces vieux usages ! Les mires, comme vous dites, ce sont des fées ?

— Fées ? Je sais pas. C'est des mires... Ha ! J'ai mal à ma tête.

— Voulez-vous un peu d'antipyrine ? J'en ai dans ma chambre.

Calliope passe sur son front poli une main aux doigts teints de rose.

— Non, merci. C'est ma faute. J'ai pas fait les croix.

— Quelles croix ?

— Comme ça, sur l'oreiller.

Elle dessine sur son genou une série de petites croix rapides, avec le tranchant de la main.

— Vous faites les pétits croix, et vite, vite, vous couchez la tête sur l'endroit, et les mauvais visiteurs ne vient pas dans le sommeil, ni head-ache, ni rien.

— Vous êtes sûre ?

Calliope hausse les épaules et se lève :

— Si, je suis sûre. Mais vous, c'est un peuple sans réligion.

— Où courez-vous, Calliope ?

— C'est devtera... lundi. Il faut faire mes ongles. Voilà encore que vous ne savez pas ! Lundi, faire les ongles : santé. Mardi, faire les ongles : fortune.

— Et vous préférez la santé à la fortune ? Comme je vous comprends !

Déjà en marche, elle se retourne, tenant à brassées ses dentelles éparses.

— Je préfère pas... lundi je fais une main, et mardi l'autre.

Entre midi et cinq heures, une chaleur inhumaine terrasse tous les baigneurs. La plupart s'enferment dans le grand hall du casino, qui ressemble à la salle des pas-perdus de quelque gare modern style. Renversés dans les *rockings*, ils flirtent, les malheureux ! ils sucent du café dans de la glace pilée, et somnolent au bruit d'un vague orchestre assoupi comme eux-mêmes. Je me dérobe souvent à ces plaisirs prévus, embarrassée par les regards, par le mauvais ton de Maugis, par le bruit d'une trentaine d'enfants et leur sans-gêne déjà poseur.

Car j'ai vu là des petites filles, à qui leurs treize ans font déjà du mollet et de la hanche, user indignement de ce qu'on appelle les privilèges de l'enfance. À cheval sur la jambe d'un grand cousin, ou juchée sur un tabouret de bar, les genoux au menton, une adorable petite blonde, aux yeux qui savent, montre tout ce qu'elle peut d'elle-même et guette d'un regard de chatte froide, l'émoi honteux des hommes. Sa mère, une grosse cuisinière couperosée, s'extasie : « Est-elle bébé, à son âge ! » Je ne peux pas croiser cette gamine effrontée sans me sentir mal à l'aise. Elle a inventé de souffler des bulles de savon et de les poursuivre d'une raquette en laine. Des individus de tout âge soufflent maintenant dans des pipes de terre et courent après les bulles de savon pour frôler la petite fille, lui voler son chalumeau, l'enlever d'un bras quand elle se penche à la baie vitrée. Ah ! quelle vilaine bête dort donc dans certains hommes !

Il reste encore, Dieu merci, de vrais bébés, des garçonnets patauds, aux mollets nus couleur de cigare, d'une gentillesse oursonne ; des fillettes poussées trop vite, tout en angles et en grands pieds minces, des tout-petits, les bras en boudins roses ficelés de plis tendres — comme ce gros amour de quatre ans, malheureux dans sa première culotte, et qui chuchotait, très rouge, à sa miss sévère et dégoûtée : « Est-ce que le monde a l'air que j'ai fait dans mon pantalon ? »

Je traverse, pour rentrer chez moi, la nappe dangereuse de soleil qui sépare notre hôtel du casino. Pendant vingt-cinq secondes, je goûte le plaisir cuisant de me sentir comme soulevée de chaleur, le dos grésillant, les oreilles bourdonnantes... Près de tomber, je me réfugie dans la fraîcheur noire du vestibule, où une porte ouverte sur les sous-sols laisse monter une odeur de vieille futaille, de vin rouge tourné en vinaigre... Puis, c'est ma chambre silencieuse, déjà parfumée de moi, le lit moins hostile, où je me jette en chemise, pour y songer, dévêtue, jusqu'à cinq heures...

Toby effleure mes pieds nus d'une langue congestionnée, puis tombe prostré sur le tapis. Mais cette horripilante caresse me laisse tremblante et comme outragée, oriente mes pensées sur la mauvaise route... Ma demi-nudité me rappelle la douche de Marthe, ce qu'elle cherche dans ces jets qui la rudoient, la blancheur de mon mari... celui du rêve... Pour me délivrer de l'obsession — est-ce bien pour m'en délivrer ? — Je saute à bas du lit et cours chercher, entre deux sachets, le dernier portrait d'Alain.

Quoi donc ?... Est-ce maintenant que je rêve ? Ce beau garçon-là, il me semble que je ne le reconnais pas... Le dur sourcil, et cette pose arrogante de coq ! Voyons, je me trompe, et le photographe aura retouché à l'excès ?...

Mais non, cet homme-là, c'est mon mari, qui voyage au loin. Je tremble devant son image, comme je tremble devant lui-même. Une créature courbée, inconsciente de sa chaîne, voilà ce qu'il a fait de moi... Bouleversée, je cherche obstinément dans notre passé de jeunes époux, un souvenir qui puisse m'abuser de nouveau, qui me rende le mari que j'ai *cru* avoir. Rien, je ne trouve rien... que ma soumission d'enfant battue, que son sourire de condescendance sans bonté... Je voudrais savoir que je rêve ou que je délire. Ah ! le méchant, le méchant ! Quand m'a-t-il fait le plus de mal, en partant sur la mer, ou bien en me parlant pour la première fois ?

Dans la chambre de Marthe, qui est la plus grande, nous attendons, derrière les volets tirés, Claudine et Calliope qui doivent venir prendre le thé, Claudine arrivée d'hier soir avec son mari, et qui viendra seule, par exception, Marthe excluant aujourd'hui les hommes, « pour se reposer ». Elle se repose en piétinant sur place, en virant dans sa robe de mousseline vert cru, un vert impossible qui outre sa blancheur et embrase sa chevelure mousseuse. Au corsage échancré, une grosse rose rose, commune et embaumée. Marthe associe sur elle, d'un choix sûr, de violentes et heureuses couleurs...

Je la trouve bien agitée, les yeux menaçants et la bouche triste. Elle s'assied, crayonne rapidement sur une feuille blanche, murmure des chiffres :

— ... Ici, c'est deux louis par jour... quinze cents francs chez Hunt à la rentrée... et l'autre idiot qui veut passer par Bayreuth... C'est plutôt compliqué, la vie !

— Tu me parles, Marthe ?

— Je te parle sans te parler. Je dis que c'est compliqué, la vie.

— Compliqué... peut-être bien.

(Elle hausse les épaules.)

— Oui. « Peut-être bien. » S'il te fallait trouver cinq cents louis.

— Cinq cents louis ?

— Ne te fatigue pas à calculer, ça fait dix mille francs. S'il te fallait les dénicher d'ici trois semaines, dans... dans les plis de ta robe, qu'est-ce que tu ferais ?

— Je... j'écrirais au banquier... et à Alain.

— Comme c'est simple !

Elle est si sèche que je crains de l'avoir froissée :

— Comme tu me dis cela, Marthe ! Est-ce que... est-ce que tu as besoin d'argent ?

(Ses durs yeux gris s'apitoient) :

— Mon pauvre petit pruneau, tu me fais de la peine. Bien sûr, j'ai besoin d'argent... Tout le temps, tout le temps !

— Mais, Marthe, je vous croyais riches ! Les romans se vendent, et ta dot...

— Oui, oui. Mais il faut manger. Le chateaubriand est hors de prix cette année. Crois-tu qu'avec trente mille de rente, en tout et pour tout, une femme puisse vivre convenablement, si elle n'a pas un courage de teigne ?

Je réfléchis une seconde, pour avoir l'air de calculer :

— Dame... c'est peut-être un peu juste. Mais, Marthe, pourquoi ne pas...

— Ne pas ?...

— Ne pas me le dire ? J'ai de l'argent, moi, et je serais très contente...

Elle m'embrasse, d'un baiser qui sonne comme une tape, et me tire l'oreille :

— T'es gentille. Je ne dis pas non. Mais pas maintenant. Laisse, j'ai encore une ou deux ficelles qui sont comme neuves. Et puis, je te garde pour la bonne bouche. Et puis... ça m'amuse de me battre contre l'argent, de trouver à mon réveil une facture qu'on réclame pour la dixième fois, de regarder le dedans de mes mains vides en me disant : « Ce soir, il faut vingt-cinq louis dans cette menotte-là. »

Ébahie, je la contemple, cette petite Bellone en robe verte comme une sauterelle... « Se battre, lutter... » des mots effrayants qui font lever des images de gestes meurtriers, de muscles tendus, de sang, de victoires... Je reste devant elle comme une infirme, les mains inertes, songeant à mes larmes récentes devant la photographie d'Alain, à ma vie écrasée... Un trouble pourtant me vient :

— Marthe... comment fais-tu ?

— Tu dis ?

— Comment fais-tu, quand tu as tant besoin d'argent ?

Elle sourit, se détourne, puis me regarde de nouveau, avec un air doux et lointain :

— Eh bien, voilà... je tape l'éditeur de Léon... J'embobine le couturier, ou bien je le terrorise... Et puis il y a des rentrées inespérées.

— Tu veux dire de l'argent qu'on te devait, que tu avais prêté ?

— À peu près... J'entends Claudine ; à qui parle-t-elle ?

Elle ouvre la porte et se penche sur le corridor. Je la suis des yeux, avec une arrière-pensée pénible... Pour la première fois, je viens de feindre l'ignorance, de simuler le zozotement d'une Rose-Chou... « Des rentrées inespérées ! » ... Marthe m'inquiète.

Claudine parle en effet, dans le corridor. J'entends : « Ma fîîîlle... » Quelle fille ? Et cette tendresse dans l'accent ?...

Elle paraît, tenant en laisse sa Fanchette maniérée et tranquille qui marche en ondulant et ont les yeux verts noircissent à notre vue. Marthe, ravie, bat des mains comme au théâtre.

— Comme c'est bien Claudine ! Où avez-vous pris cette bête délicieuse ? Chez Barnum ?

— Pardi non. Cheux nous. À Montigny. Fanchette, assise !

Claudine ôte son chapeau de garçon, remue ses boucles. Elle a ce teint mat, cet air sauvage et doux qui me plaît tant. Sa chatte s'assied correctement, la queue sous les pattes de devant. J'ai bien fait d'envoyer mon Toby promener avec Léonie ; elle l'aurait griffé.

— Bonjour, vous, princesse lointaine.

— Bonjour, Claudine. Vous avez fait bon voyage ?

— Très bon, Renaud charmant. Il a tout le temps flirté avec moi, si bien que je n'ai pas eu une seule minute la sensation d'être mariée... Croyez-vous, un monsieur qui voulait m'acheter Fanchette ? Je l'ai regardé comme s'il avait violé ma mère... On a chaud, ici. Est-ce qu'il va venir beaucoup de dames ?

— Non, non, Calliope van Langendonck seulement.

Claudine passe lestement son pied par-dessus une chaise, une chaise très haute :

— Chance ! je l'adore, Calliope. Ohé, de la trirème ! On va avoir du goût. Et puis elle est jolie, et puis elle est la dernière détentrice de l' « âme antique ».

— Par exemple ! se révolte Marthe. Elle qui est cosmopolite comme un croupier du casino !

— C'est ce que je voulais dire. Elle incarne, en mon imagination simpliste, tous les peuples qui sont en dessous de nous.

— Les taupes ? raillé-je timidement.

— Non, subtile petite rosse. Au-dessous... sur la carte. La voilà ! Paraissez, Calliope, Hébé, Aphrodite, Mnasidika... Je sors tout ce que je sais de grec pour vous !

Calliope semble nue dans une robe trop riche de chantilly noir sur crêpe de chine clair. Elle succombe dès le seuil :

— Je suis morte. Trois étages...

— ... C'est mauvais pour peau, continue Claudine.

— Mais c'est bon pour femme enceinte. Ça fait tomber enfant.

MARTHE, *effarée*. — Vous êtes enceinte, Calliope ?

CALLIOPE, *sereine*. — Non, *never*, jamais.

MARTHE, *amère*. — Vous avez de la veine. Moi non plus, d'ailleurs. Mais c'est assommant, tous ces moyens préventifs. Comment vous garez-vous, vous ?

CALLIOPE, *pudique*. — Je suis veuve.

CLAUDINE. — Évidemment, c'est un moyen. Mais la condition n'est ni nécessaire, ni suffisante. Quand vous n'étiez pas veuve, qu'est-ce que vous faisiez ?

CALLIOPE. — Je faisais les croix dessus, avant. Et je tousse, après.

MARTHE, *qui pouffe*. — Les croix !... Sur qui ? Sur vous, ou sur le partenaire ?

CALLIOPE. — Sur tous deux, *dearest*.

CLAUDINE. — Ah ! Ah ! Et vous toussiez après ? C'est le rite grec ?

CALLIOPE. — Non, poulaki mou. On tousse comme ça (*elle tousse*) et c'est parti.

MARTHE, *dubitative*. — Ça vient plus vite que ça ne s'en va... Claudine, passez-moi donc la salade de pêches.

CLAUDINE, *absorbée*. — Je ne suis pas curieuse, mais j'aurais voulu voir sa tête...

CALLIOPE. — Tête de qui ?

CLAUDINE. — La tête de feu van Langendonck, pendant que vous « faisiez croix dessus ».

CALLIOPE, *candide*. — Mais je les faisais pas sur tête.

CLAUDINE, *éclatant*. — Ah ! ah ! que j'ai du goût. (*Suffoquant de rire.*) Cette bon sang de Calliope me fait engorger !

Elle crie et se pâme de joie ; Marthe, elle aussi, s'étrangle. Moi-même, malgré la honte qu'elles me donnent, je ne puis m'empêcher de sourire dans la demi-obscurité qui me protège, qui ne me protège pas assez, car Claudine a surpris la gaieté silencieuse que je me reproche.

— Eh là, dites donc, sainte Annie, je vous vois. Allez jouer dans le parc tout de suite, ou n'ayez pas l'air de comprendre. Ou plutôt non (sa voix rude devient douce et chantante), souriez encore ! Quand les coins de votre bouche remontent, vos paupières descendent, et les histoires de Calliope ont moins d'équivoque... petite Annie... que votre sourire...

Marthe interpose entre Claudine et moi l'aile d'un éventail ouvert :

— ... et si ça continue, vous allez appeler ma belle-sœur « Rézi » ! Merci, je ne veux pas que mon honnête chambre serve à ça !

(Rézi ? Qu'est-ce que c'est ? Je m'enhardis) :

— Vous avez dit... Rézi ? C'est un mot d'une langue étrangère ?

— Vous ne croyez pas si bien dire ! riposte Claudine pendant que Marthe et Calliope échangent des sourires complices. Puis sa gaieté tombe net, elle cesse de sucer son café glacé, rêve une minute, avec des yeux assombris, les mêmes yeux que ceux de sa chatte blanche qui, pensive, menace un point dans le vide...

Qu'ont-elles dit encore ? Je ne sais plus, je me reculais de plus en plus dans l'ombre de la persienne. Je n'ose transcrire les bribes que je me rappelle. Mille horreurs ! Calliope met à les débiter plus d'inconscience, une impudeur exotique ; Marthe une crudité nette et sans trouble ; Claudine, une sorte de sauvagerie languide, qui me révolte moins.
Elles en étaient venues à me questionner, avec des rires, sur des gestes et des choses que je n'ose nommer, même en pensée. Je n'ai pas tout compris, j'ai balbutié, j'ai retiré mes mains de leurs mains insistantes, elles ont fini par me laisser, bien que Claudine murmurât, les yeux sur mes yeux pâles qui laissent trop entrer le vouloir d'autrui : « Cette Annie est attachante comme une jeune fille. » Elle est partie la première, emmenant sa chatte blanche au collier de cuir vert, et bâillant à notre nez : « Il y a trop longtemps que j'ai vu mon grand ; le temps me dure ! »

𝓜augis « colle » de plus en plus. Il encense Marthe de ses hommages, qui montent vers elle dans une fumée de whisky. Ces rendez-vous à la musique de cinq heures m'excèdent. Nous y retrouvons Calliope, autour de qui les hommes ont des regards de meute, et Renaud-Claudine amoureux et agaçants. Mais oui, agaçants ! Cette manière de se sourire des yeux, de s'asseoir genou à genou, comme des mariés de quinze jours ! Et encore, j'ai vu, moi, des mariés de quinze jours, qui n'attiraient pas l'attention...

... Deux mariés tout récents qui dînaient à une petite table de restaurant, lui roux, elle trop brune, sans que le visage traduisît jamais le désir, leurs mains la caresse, sans que leurs pieds se joignissent sous la nappe retombante... Souvent, elle laissait descendre ses paupières sur des yeux transparents, « couleur de fleur de chicorée sauvage », elle posait et reprenait sa fourchette, froidissait sa main chaude au flanc perlé de la carafe, en fiévreuse accoutumée à sa fièvre. Lui, il mangeait d'un appétit sain comme ses dents, et parlait d'une voix de maître : « Annie, vous avez tort ; cette viande est saignante à point... » L'aveugle ! l'indifférent ! il ne voyait ni cette fièvre douce, ni ces cils trop lourds qui voilent les yeux bleus. Il ne devinait pas quelle angoisse était la mienne, et comme j'aspirais, en la redoutant, à l'heure encore non venue où mon plaisir saurait répondre au sien... Que cela est pénible à écrire... effarée, obéissante, je me pliais à sa caresse simple et robuste qui me quittait trop tôt, à l'instant où raidie, la gorge pleine de larmes, au bord même, pensais-je, de la mort, j'appelais et j'attendais... je ne savais quoi.

Je le sais maintenant. L'ennui, la solitude, un après-midi d'atroce migraine et d'éther ont fait de moi une pécheresse pleine de remords. Péché qui menace toujours et contre quoi je lutte désespérément... Depuis que je rédige ce journal, je me vois apparaître, chaque jour, un peu plus nette, comme un portrait noirci qu'une main experte relave... Comment Alain, qui s'enquérait si peu de mes misères morales, devina-t-il ce qui s'était passé entre moi et... et Annie ? Je l'ignore. Peut-être une jalousie de bête trahie l'éclaira-t-elle ce jour-là...

D'où m'est donc venue la lumière ? De son absence ? Quelques lieues de terre et d'eau entre lui et moi ont fait ce miracle ? Ou bien j'ai bu le philtre qui rend la mémoire à Siegfried ? Mais le philtre tardif lui rend aussi l'amour, et moi, hélas !... À quoi bon m'accrocherai-je ? Tous, autour de moi, courent et combattent vers le but de leur vie... Marthe et Léon peinent, lui pour les gros tirages, elle pour le luxe. Claudine aime, et Calliope se laisse aimer... Maugis se grise... Alain remplit sa vie de mille vanités exigeantes : respectabilité, existence brillante et correcte, souci d'habiter une maison bien tenue, d'éplucher son livre d'adresses comme un certificat de domestique, de dresser sa femme qu'il enrêne trop court comme son demi-sang anglais... Ils vont, ils agissent, et moi je reste les mains vides et pendantes...

Marthe tombe au milieu de cet accès noir. Elle-même semble moins allègre, sinon moins vaillante, et sa bouche mobile et rouge rit avec un pli triste. Mais peut-être est-ce moi qui vois tout amer ?

Elle s'assied sans me regarder, dispose les plis d'une jupe de dentelle, qui accompagne un petit habit Louis XVI en pékin blanc. Des plumes blanches frémissent sur son chapeau blanc. Je n'aime pas beaucoup cette robe-là, trop parée, trop messe de mariage. Je préfère tout bas la mienne en voile ivoire, coulissée partout, en rond à l'empiècement, au-dessus du volant de la jupe, aux manches qui s'ouvrent ensuite en ailes...

— Tu viens ? Demanda Marthe, la voix brève.

— Où ça ?

— Oh ! cet air de tomber toujours de la lune ! À la musique, il est cinq heures.

— C'est que je...

(Son geste coupe) :

— Non, je t'en prie ! Tu l'as déjà dit. Ton chapeau, et filons.

D'habitude, j'eusse obéi, quasi inconsciente. Mais aujourd'hui est un jour troublé, qui me change :

— Non, Marthe, je t'assure, j'ai mal à la tête.

(Elle remue ses épaules) :

— Je sais bien. C'est l'air qui te remettra. Viens !

Doucement, je réponds toujours non. Elle se mord les lèvres et fronce ses sourcils roux, crayonnés de châtain.

— Enfin, voyons ! J'ai besoin que tu viennes, là !

— Besoin ?

— Oui, besoin. Je ne veux pas rester seule... avec Maugis.

— Avec Maugis ? C'est une plaisanterie. Il y aura Claudine, Renaud et Calliope.

Marthe s'agite, pâlit un peu, ses mains tremblent.

— Je t'en supplie, Annie... ne me fais pas mettre en colère.

Interloquée, défiante, je reste assise. Elle ne me regarde pas, et parle, les yeux vers la fenêtre :

— J'ai... grand besoin que tu viennes, parce que... parce que Léon est jaloux.

Elle ment. Je sens qu'elle ment. Elle le devine, et tourne enfin vers moi ses yeux de flamme.

— Oui, c'est une craque, parfaitement. Je veux parler à Maugis, sans témoins ; j'ai besoin de toi pour faire croire aux autres que tu nous accompagnes, lui et moi, un bout de chemin, à trente pas, comme l'institutrice anglaise. Tu prendras un livre, un petit ouvrage, ce que tu voudras. Là. Ça y est ? Qu'est-ce que tu décides ? Me rendras-tu ce service ?

J'ai rougi pour elle. Avec Maugis ! Et elle a compté sur moi pour... oh ! non !

À mon geste, elle frappe rageusement du pied :

— Sotte ! crois-tu que je vais coucher avec lui dans un fourré du parc ? Comprends donc que rien ne va, que l'argent se cache, qu'il faut que je tire à Maugis, non seulement un article sur le roman de Léon qui va paraître en octobre, mais deux, mais trois articles, dans les revues étrangères qui nous ouvriront Londres et Vienne ! Ce soiffard est plus malin qu'un singe, et nous nous mesurons depuis un mois ; mais il y passera, ou je... je...

Elle bégaie de fureur, le poing tendu, avec une sauvage figure de tricoteuse déguisée en ci-devant, puis se calme, par un bel effort, et dit froidement :

— Voilà la situation. Tu viens à la musique ? À Paris, je n'en serais pas réduite à te demander ça. À Paris, une femme d'esprit se tire d'affaire toute seule ! Mais ici, dans ce phalanstère, où le voisin d'hôtel compte vos chemises sales et les brocs d'eau chaude que la bonne monte le matin...

— Alors, Marthe, dis-moi... c'est par amour pour Léon ?

— Par amour que... quoi ?

— Oui, que tu te dévoues, que tu fais bon visage à cet individu... c'est pour la gloire de ton mari, n'est-ce pas ?

Elle rit sèchement en poudrant ses joues allumées :

— Sa gloire, si tu veux. Le laurier est une coiffure... qui en vaut une autre. Ne cherche pas ton chapeau, il est sur le lit.

Jusqu'où me mèneront-elles ? Il n'en est pas une des trois à qui je voudrais ressembler ! Marthe, prête à tout, Calliope, cynique comme une femme de harem, et Claudine sans pudeur, à la manière d'un animal qui a tous les instincts, même les bons. Mon Dieu, puisque je les juge clairement, préservez-moi de devenir semblable à elles !

Oui, j'ai suivi Marthe à la musique, puis dans le parc, et Maugis marchait entre nous deux. Dans une allée déserte, Marthe m'a dit simplement : « Annie, le ruban de ton soulier se défait. » Docile, j'ai semblé rattacher un lacet de soie dont le nœud tenait fort bien, et je n'ai pas rattrapé ma distance. Je marchais derrière eux, les yeux à terre, sans oser regarder leurs dos et sans entendre de leurs voix qu'un murmure précipité.

Lorsque Marthe, émue et triomphante, est venue me relever de ma honteuse faction, j'ai poussé un grand soupir de soulagement. Elle m'a pris le bras, gentille :

— C'est fait. Merci, petite. Tu m'as aidée à arranger bien des choses. Mais juge de la difficulté ! Si j'avais donné rendez-vous à Maugis dans le parc, à la laiterie, ou aux petites tables du café glacé, un gêneur, ou pis : une gêneuse nous serait tombée sur le poil au bout de cinq minutes. Le voir dans ma chambre, ça devenait dangereux...

— Alors, tu les auras, Marthe ?

— Quoi ?

— Les articles des revues étrangères ?

— Ah ! oui... Oui, je les aurai, et tout ce que je voudrai.

Elle se tait un instant, secoue ses grandes manches pour s'aérer, et murmure comme pour elle-même :

— Il est riche, le mufle !

(Surprise, je la regarde) :

— Riche ? Qu'est-ce que cela peut te faire, Marthe ?

— Je veux dire par là, explique-t-elle très vite, que je l'envie d'écrire pour son plaisir, au lieu de masser, comme ce pauvre Léon, qui assiège là-bas Calliope sans résultat. Cette ville cypriote, sans remparts, se défend étonnamment !

— Et puis, l'assaillant n'est peut-être pas très armé, risqué-je timidement.

Marthe s'arrête net au milieu de l'allée :

— Miséricorde ! Annie qui lâche des inconvenances ! Ma chère, je ne te savais pas sur Léon des documents si précis.

Elle rejoint, tout animée, le groupe des amis quittés, mais j'ai de nouveau prétexté la migraine, et me revoici dans ma chambre, mon

Toby noir à mes pieds, inquiète de moi, mécontente de tout, humiliée du vilain service que je viens de rendre à ma belle-sœur.

Ah ! tout ce que Alain ne soupçonne pas ! Cela me fait méchamment sourire, de penser qu'il ignore tant de moi-même, et tant de sa sœur préférée. Je prends en grippe cet Arriège, où ma vie s'est éclairée si tristement, où l'humanité plus petite et plus serrée se montre toute proche et caricaturale... J'ai usé l'amusement de voir remuer tous ces gens-là. Il défile, à la laiterie matinale, trop de laideurs replâtrées chez les femmes, de convoitises bestiales chez les hommes, — ou bien de fatigue, car il paraît de sinistres figures de baccara, tirées et vertes, avec des yeux injectés. Ces figures-là appartiennent à des corps gourds d'hommes assis toute la nuit sur une chaise, et l'arthritisme n'ankylose pas seul tant de « charnières », comme dit Marthe.

Je n'ai plus envie d'entrer dans la salle de gargarisme, ni d'assister à la douche de Marthe, ni de potiner dans le hall, ni de m'épanouir aux *Noces de Jeannette* avec Claudine, cette effrontée, folle de Debussy, ayant imaginé par sadisme d'aller applaudir frénétiquement les opéras-comiques les plus poussiéreux. Que les mêmes heures ramènent les mêmes plaisirs, les mêmes soins, rassemblent les mêmes visages, voilà ce que je ne puis plus supporter. Par la fenêtre, mes yeux fuient constamment vers la déchirure ouverte à l'ouest de la vallée, cassure dans la chaîne sombre qui nous enserre, faille de lumière où brillent de lointaines montagnes voilées d'une poudre de nacre, peintes sur un ciel dont le bleu défaillant et pur est le bleu même de mes prunelles... C'est par là, maintenant, qu'il me semble que je m'évade... Par là je devine (ou je suppose, hélas !) une autre vie qui serait la mienne, et non celle de la poupée sans ressort qu'on nomme Annie.

Mon pauvre Toby noir, que faire de toi ? Voilà que nous allons partir pour Bayreuth ! Marthe l'a décidé, d'un entrain qui m'épargne toute discussion. Va, je t'emmènerai, c'est encore le plus simple et le plus honnête. Je t'ai promis de te garder, et j'ai besoin de ta présence adorante et muette, de ton ombre courte et carrée près de mon ombre longue. Tu m'aimes assez pour respecter mon sommeil, ma tristesse, mon silence, et je t'aime comme un petit monstre gardien. Une gaieté jeune me revient, à te voir m'escorter, grave, la gueule distendue par une grosse pomme verte que tu portes précieusement tout un jour, ou gratter d'une griffe obstinée un dessin du tapis, pour le détacher du fond. Car tu vis, ingénu, entouré de mystères. Mystère des fleurs coloriées sur l'étoffe des fauteuils, duperie des glaces d'où te guette un fantôme de bull, poilu de noir, qui te ressemble comme un frère, piège du rocking-chair, qui se dérobe sous les pattes... Tu ne t'obstines pas à pénétrer l'inconnaissable, toi. Tu soupires, ou tu rages, ou bien tu souris d'un air embarrassé, et tu reprends ta pomme verte mâchouillée.

Moi aussi, il n'y a pas deux mois, je disais : « C'est ainsi. Mon maître sait ce qu'il faut. » À présent, je me tourmente et je me fuis. Je me fuis ! Entends ce mot comme il faut l'entendre, petit chien, plein d'une foi que j'ai perdue. Il vaut mieux, cent fois mieux, radoter sur ce cahier et écouter Calliope et Claudine, que m'attarder seule, dangereusement, avec moi-même...

Nous ne parlons plus que de voyage. Calliope m'en rebat les oreilles, et se désole de notre départ, à grand renfort de « Diè tout-puissant ! » et de « poulaki mou ».

Claudine considère toute cette agitation avec indifférence et gentillesse. Renaud est là, que lui importe le reste ? Léon, amer depuis son échec qu'il ne pardonne pas à Calliope, parle trop de son roman, du Bayreuth qu'il veut décrire, « un Bayreuth considéré sous un angle spécial ».

— C'est un sujet neuf, déclare gravement Maugis qui envoie depuis dix ans, à trois journaux quotidiens, des correspondances bayreuthiennes.

— C'est un sujet neuf quand on sait le rajeunir, affirme Léon, doctoral. Bayreuth vu par une femme amoureuse à travers l'hyperesthésie des sens que donne la passion satisfaite, — et illégitime ! — blaguez, blaguez... ça peut fournir une très bonne copie et vingt éditions !

— Pour le moins, souffle Maugis dans un flot de fumée. D'abord moi, je donne toujours raison au mari d'une jolie femme.

La jolie femme somnole à demi, allongée dans un *rocking*... Marthe ne dort jamais qu'à la façon des chats.

Nous cuisons dans le parc ; deux heures, l'heure étouffante et longue ; le café glacé fond dans les tasses, Calliope se meurt doucement, en gémissant comme un ramier. Je jouis du soleil torride, renversée dans un fauteuil de paille, et je ne remue pas même les paupières... À la pension, on m'appelait le lézard... Léon consulte fréquemment sa montre, attentif à ne pas dépasser le temps fixé pour sa récréation. La dépouille de Toby, qui semble inhabitée, gît sur le sable fin.

— Tu emmènes ce chien ? Soupire Marthe faiblement.

— Certainement, c'est un honnête garçon !

— Je n'aime pas beaucoup les honnêtes garçons, même en voyage.

— Alors, tu monteras dans un autre compartiment.

Ayant répondu cela, je m'émerveille en silence de moi-même. Le mois dernier, j'aurais répondu : « Alors, je monterai dans un autre compartiment. »

Marthe ne réplique rien et semble dormir. Au bout d'un instant, elle ouvre tout à fait ses yeux vigilants :

— Dites donc, vous autres, vous ne trouvez pas qu'Annie est changée ?

— Heu... mâchonne Maugis, très vague.

— Vous croyez ? Demande Calliope, conciliante.

— Peut-être... hésite Léon.

— J'ai plaisir à constater que vous êtes tous de mon avis, raille ma belle-sœur. Je ne vous surprendrai donc pas en disant qu'Annie marche plus vite, courbe moins les épaules, regarde moins à terre et parle presque comme une personne naturelle. C'est Alain qui va trouver du changement !

Gênée, je me lève :

— C'est ton activité, Marthe, qui me galvanise. Alain n'en sera pas aussi surpris que tu le penses. Il m'a toujours prédit que tu aurais une excellente influence sur moi. Je vous demande pardon, mais je rentre écrire...

— Je vous suis, dit Calliope.

Effectivement, elle me suit, sans autre encouragement de ma part. Elle passe sous mon bras mince son bras potelé.

— Annie, j'ai un très grand service à vous demander.

Bon Dieu, quelle figure séduisante ! Entre les cils en pointes d'épées, les yeux lazuli luisent, fixes, suppliants, et la bouche en arc tendu s'entrouvre prête, dirait-on, à toutes les confidences... Avec Calliope, il faut s'attendre à tout.

— Dites, ma chère, vous savez bien que s'il est en mon pouvoir...

(Nous sommes dans ma chambre. Elle me prend les mains, avec une mimique outrée d'actrice italienne.)

— Oh ! oui, n'est-ce pas ? Vous êtes une tellement pure ! C'est ce qui m'a décidée. *I am*... perdue, si vous me refuseriez ! Mais vous voudrez vous intéresser pour moi...

Elle roule en tampon un petit mouchoir de dentelle et s'essuie les cils. Ils sont secs. Je ne me sens pas à mon aise.

Très posée à présent, elle manie les cent fétiches baroques qui cliquettent à sa chaîne (Claudine dit de Calliope qu'elle marche avec un bruit de petit chien) et regarde le tapis. Je crois qu'elle murmure quelque chose pour elle-même...

— C'est prière à la Lune, explique-t-elle. Annie, portez-moi secours. J'ai besoin d'une lettre.

— Une lettre ?

— Oui. Une lettre... *épigraphion*. Une lettre bien, que vous dicterez.

— Mais pour qui ?

— Pour... pour... un ami du cœur.

— Oh !

Calliope étend un bras tragique :

— Je jure, par serment, sur la tête de mes parents qui sont morts, que c'est un ami du cœur seulement !

(Je ne réponds pas tout de suite. Je voudrais savoir...)

— Mais, ma chère, quel besoin avez-vous de moi pour cela ?

Elle se tord les mains avec un visage très calme :

— Comprenez ! Un ami de cœur, que j'aime, oh ! oui, j'aime, par serment. Annie ! Mais... mais je le connais pas trop.

— Hein !

— Si. Il veut m'épouser. Il écrit lettres qui sont *passionnelles*, et je *answer*... réponds très peu pourquoi... parce que je sais pas très bien écrire.

— Qu'est-ce que vous racontez là ?

— La vérité, par serment ! Je parle... deux, tree, quatre, *five*, langages, assez pour voyager. Mais je n'écris pas. Français surtout, si compliqué, si... je ne trouve pas le mot... Mon ami me croit... instruite, unique, femme universelle, et je voudrais tant paraître comme il croit ! Sans ça... comme vous dites, en France, vous ?... l'affaire est dans un seau.

Elle peine, rougit, pétrit son petit mouchoir et jette tout son fluide. Je réfléchis, très froide :

— Dites-moi, ma chère, sur qui comptiez-vous avant moi ? Car enfin, je ne suis pas la première...

Elle hausse l'épaule rageusement :

— Un tout petit de mon pays, qui écrivait bien. Il était... amoureux de moi. Et je copiais sa correspondance... mais à l'autre genre, vous entendez.

Cette scélératesse paisible, au lieu de m'indigner, me donne le fou rire. C'est plus fort que moi, je ne puis prendre Calliope au sérieux, même dans le mal. Elle m'a désarmée. J'ouvre mon buvard.

— Mettez-vous là, Calliope, nous allons essayer. Quoique... vous ne saurez jamais combien cela m'est étrange d'écrire une lettre d'amour... Voyons. Que dois-je dire ?

— Tout ! s'écrie-t-elle avec une passion reconnaissante. Que je l'aime ! ... Qu'il est loin !... Que ma vie est sans parfum, et que je décoloris... Enfin tout ce qu'on dit à l'habitude.

(... Que je l'aime ... qu'il est loin... J'ai déjà traité le sujet, mais avec si peu de succès...)

Accoudée près de Calliope, les yeux sur la main brillante de bagues, je dicte comme en songe...

— Mon ami si cher...

— Trop froid, interrompt Calliope. Je vais écrire « Mon âme sur la mer ! »

— Comme vous voudrez... « Mon âme sur la mer »... Je ne puis pas ainsi, Calliope. Donnez-moi la plume, vous recopierez, vous modifierez après.

Et j'écris, enfiévrée :

« Mon âme sur la mer, vous m'avez laissée comme une maison sans maître où brûle encore une lumière oubliée. La lumière brûlera jusqu'au bout, et les passants croiront que la maison est habitée, mais la flamme v baisser dans une heure et mourir... à moins qu'une autre main ne lui rende l'éclat et la force...

— Pas ça, pas ! Intervient Calliope penchée sur mon épaule. Pas bon, « l'autre main ! » Écrivez « la même main ».

Mais je n'écris plus rien. Le front sur la table, au creux de mon bras replié, je pleure brusquement, avec le dépit de ne pouvoir cacher mes larmes... Le jeu a mal fini. La bonne petite Calliope comprend — un peu de travers — et m'entoure de ses bras, de son parfum, de doléances, d'exclamations désolées : — Chérie ! Psychi mou ! Que je suis mauvaise ! J'ai pas pensé que vous étiez seule ! Donnez, c'est fini. Je veux plus. Et d'ailleurs, c'est assez. Le commencé, bon pour varier dessus ; je mettrai *palazzo* au lieu de maison et je chercherai dans romans français pour le reste...

— Je vous demande pardon, ma petite amie. Ce temps d'orage m'a mis les nerfs en triste état.

— Nerfs ! Ah ! S'il n'y avait que nerfs ! dit Calliope sentencieuse, les yeux au plafond. Mais...

Son geste cynique et simple complète si singulièrement sa phrase que malgré moi, je souris. Elle rit.

— Oui, hein ? Addio, *manythanks*, et pardonnez-moi. J'emporte commencement de la lettre. Soyez avec votre courage.

Déjà dehors, elle rouvre la porte et passe sa tête de déesse malicieuse :

— Et même, je copiera deux fois. Parce que j'ai un autre ami.

Encore dans le parc !

— « *E*n tant que salines et sulfureuses, les eaux d'Arriège sont indiquées dans les maladies chroniques de la peau... »

Claudine lit tout haut le petit panégyrique, broché sous couverture séduisante, qu'offre aux baigneurs l'établissement thermal. Nous écoutons, pour la dernière fois, le triste orchestre qui joue tout le temps fortissimo, avec une rigueur morne et sans nuances. Entre une *Sélection des Dragons de Villars* et une *Marche* d'Armande de Polignac, Claudine nous initie, malgré nous et non sans commentaires, aux vertus de la source sulfureuse. Sa diction est châtiée, son ton docte, son calme imperturbable.

Sa chatte blanche, en laisse, dort sur une chaise de paille « une chaise qui coûte deux sous, comme pour une personne », a réclamé Claudine, « et pas une chaise en fer, parce que Fanchette a le derrière frileux ! »

— On va jouer à un jeu ! s'écrie-t-elle, inspirée.

— Je me méfie un peu, dit son mari aux yeux tendres. Il fume des cigarettes égyptiennes odorantes, silencieux le plus souvent, détaché comme s'il avait mis toute sa vie en celle qu'il nomme « son enfant chérie »...

— Un jeu très joli ! Je vais deviner, sur vos figures, les maladies que vous soignez ici, et quand je me tromperai, je donnerai un gage.

— Donnez-m'en un tout de suite, crie Marthe. Je me porte comme un charme.

— Moi aussi, grogne Maugis congestionné, le panama rabattu jusqu'aux moustaches.

— Moi aussi, fait Renaud, doucement.

— Et moi donc ! Soupire Léon, pâle et fatiguée.

Claudine, toute jolie sous une capeline blanche, nouée sous le menton par des brides de tulle blanc, nous menace d'un doigt pointu.

— Attends, marche, bouge pas ! Vous allez voir qu'ils sont tous venus ici pour leur plaisir..., comme moi !

Elle prend son petit livre, et distribue ses diagnostics comme autant de bouquets :

Marthe, à vous « l'acné et l'eczéma » ! À vous, Renaud, la..., voyons... ah ! « la furonculose ». C'est joli, pas ? On dirait un nom de fleur. Je devine chez Annie « l'érysipèle à poussée intermittente », et chez Léon, « l'anémie scrofuleuse »...

— ... Merci, très peu pour lui, interrompt Renaud qui voit mon beau-frère en train de sourire jaune.

— ... et chez Maugis... chez Maugis... bon sang, je ne trouve plus rien... ah ! Je le tiens ! Chez Maugis, dis-je... « l'herpès récidivant des parties génitales ».

Une explosion de rires ! Marthe montre toutes ses dents et pouffe effrontément vers Maugis furieux, qui relève son panama pour invectiver contre l'inconvenante jeune femme. Renaud essaie sans conviction d'imposer silence, parce que tout un groupe honnête, derrière nous, vient de fuir à grand fracas scandalisé de chaises qu'on renverse.

— Faites pas attention, jette Claudine, ceux-là qui s'en vont (elle reprend son brochure) c'est des jaloux, des petites maladies de rien du tout, des... « métrites chroniques », des mesquins « catarrhes de l'oreille » ou de méchantes « leucorrhées » d'un sou !

— Mais, vous-même, petite poison, éclate Maugis, qu'est-ce que vous êtes venue fiche ici, hormis embêter les gens tranquilles ?

— Chut !... (elle se penche mystérieuse et importante) ne le dites à personne, je viens soigner Fanchette qui a la même maladie que vous.

Bayreuth.

𝓛a pluie, la pluie... Le ciel fond en pluie, et le ciel, ici, c'est du charbon. Si je m'appuie au rebord de la fenêtre, mes mains et mes coudes sont marqués de noir. La même poudre noire, impalpable, neige invisiblement sur ma robe de serge blanche, et si je caresse distraitement ma joue du plat de ma main, j'y écrase en traînées un charbon ténu et collant... sur le volant de ma jupe, des gouttes de pluie ont séché en petites lunes grises. Léonie brosse longuement mes vêtements et ceux de Marthe, d'un air allègre de gendarme sentimental. Ça lui rappelle son pays natal, Saint-Étienne, proclame-t-elle.

Vers l'ouest, le ciel jaunit. Peut-être la pluie va-t-elle cesser, et verrai-je Bayreuth autrement qu'à travers le trouble cristal de mes larmes.

Car, dès mon arrivée, je fondis en eau, comme les nuages. J'écrirai ici, avec un peu de honte, le puéril motif d'une telle crise de désolation.

À Schnabelweide, où nous quittions la ligne de Nurnberg-Carlsbad, le train, hâtif et distrait plus qu'il n'est accoutumé en Allemagne, emporta mon nécessaire de toilette et ma malle vers l'Autriche, de sorte que je me trouvai — après quinze heures de route et toute poissée de ce charbon allemand qui sent le soufre et l'iodoforme — sans une éponge, sans un mouchoir de rechange, sans un peigne, sans... tout ce dont je ne puis me passer. Ce coup me démoralisa, et tandis que Léon et Maugis couraient aux renseignements, je me mis à pleurer, debout sur le quai de la gare, à pleurer de grosses larmes qui faisaient de petites boules dans la poussière.

— Cette Annie, murmurait Claudine avec philosophie, comme elle a le tempérament marécageux.

Si bien que mon arrivée dans la « Ville Sainte » fut pitoyable et ridicule. Le snobisme de Marthe s'extasia en vain devant les cartes postales, les Graals en verre rouge, les chromos, les bois sculptés, les dessous de plats, les cruches à bière, le tout à l'image du dieu Wagner ; Claudine même, mal peignée, le canotier sur l'oreille, m'arracha à peine un sourire, quand, sur la place de la Gare, elle me brandit sous le nez une saucisse fumante qu'elle tenait à pleine main.

— J'ai acheté ça, cria-t-elle, c'est une espèce de facteur des postes qui les vend. Oui, Renaud, un facteur ! Il a des saucisses chaudes dans sa boîte en cuir bouilli, et il les pêche avec une fourche, comme des serpents. Vous n'avez pas besoin de faire la lippe, Marthe, c'est délicieux ! J'en enverrai à Mélie, je lui dirai que ça s'appelle un Wagnerwurst...

Elle s'en fut dansante tirant son doux mari vers une conditorei peinte en lilas, pour manger de la crème fouettée avec sa saucisse...

Grâce au zèle de Léon, éperonné par Marthe, grâce au polyglottisme de Maugis, qui parle autant de dialectes allemands qu'il y a de tribus dans Israël, et qui dompta, d'une phrase parfaitement inintelligible pour moi, l'apathie souriante des employés, je récupérai mes valises, à l'heure même où Claudine, émue de mon dénuement, m'envoyait une de ses chemises de linon, courte à faire rougir, et une petite culotte de soie japonaise semée de lunes jaunes, avec ce mot : « Prenez toujours ça, Annie, quand ce ne serait que pour essuyer vos larmes, et souvenez-vous que je suis un type dans le genre de saint Martin. Et encore, saint Martin eût-il donné son pantalon ? »

J'attends, sans hâte, l'heure du déjeuner, la fin de la pluie. Un peu de bleu vogue entre deux nuages gras, puis disparaît. Ma fenêtre donne sur l'Opernstrasse, au-dessus d'un trottoir de planches qui cache une eau fétide. L'escalier sent le chou. Mon étrange lit-cercueil s'emboîte, durant le jour, sous un couvercle tendu d'étoffe à ramages. Le premier drap se boutonne au couvre-pied, et mon matelas est fait de trois morceaux, comme les chaises longues du grand siècle... Non, décidément non, je ne sens point de fièvre sacrée. J'envie Marthe, qui, dès la gare, pétillait d'un enthousiasme de convention, et respirait déjà ce que son mari appelle, en style pompeux, « la ferveur de tous les peuples venus pour adorer l'homme qui fut plus grand qu'un homme »... Derrière la cloison, j'entends cette néophyte se débattre rageusement parmi ses malles, vider d'un coup les tout petits brocs d'eau chaude. La voix de Léon m'arrive en bourdonnement. Le mutisme de Marthe ne me semble point de bon augure. Et je ne suis qu'à moitié surprise de l'entendre s'écrier, de ce ton aigu, si peu... Marie-Antoinette :

— Zut ! Quel sale patelin !

Une seule douceur m'apaise, m'immobilise devant cette fenêtre, à ce guéridon d'acajou mal calé : celle de me sentir très loin, hors d'atteinte... Combien y a-t-il de temps qu'Alain est parti ? Un mois, un an ? Je ne sais plus. Je cherche en moi son image reculée, je tends parfois l'oreille, comme au bruit de son pas... Est-ce que je l'attends, ou bien si je le crains ? Souvent je me retourne vivement, avec l'impression qu'il est là, qu'il va poser sa forte main sur mon épaule, et mon épaule cède pour la recevoir... Cela est bref comme un avertissement. Je sais bien que, s'il revenait, il serait de nouveau mon maître, et mon cou ploie doucement sous le joug encore récent, comme mon doigt garde l'anneau qu'Alain y mit le jour de notre mariage, l'anneau meurtrissant, un peu trop étroit.

Comme nous sommes mornes, tous les trois, dans cette *Restauration*, pour des gens en voyage d'agrément ! Je sais bien que la nouveauté du lieu, le maigre éclairage de gaz haletant, le vent froid sous la tente mal jointe, ne m'incitent pas, personnellement, à la gaieté, mais Marthe et son mari ont le même air perdu et gêné. Marthe regarde son poulet à la compote de poires et grignote du pain. Léon prend des notes. Sur quoi ? L'endroit est plutôt quelconque. Ce restaurant Baierlein qui tire sa vogue d'une terrasse en coin qu'abrite une tente rayée, me paraît assez ressemblant à celui d'Arriège, compotes en plus. Davantage d'Anglaises à table, peut-être, et des petits cruchons bruns de Seltz-wasser. Que d'Anglaises ! Et que me parle-t-on de leur réserve gourmée ? Elles arrivent, me dit Léon, de *Parsifal*. Rouges, le chapeau mal remis, des cheveux admirables noués en corde disgracieuse, elles crient, pleurent leurs souvenirs, lèvent les bras et mangent sans relâche. Je les regarde, moi qui n'ai pas faim, moi qui ne pleure pas, moi qui croise frileusement les mains dans mes manches larges avec l'espoir dégoûté de l'ivrogne : « Est-ce que je serai comme cela dimanche ? » À dire vrai, je me le souhaite.

Marthe, silencieuse, toise les dîneurs de ses yeux insolents. Elle doit trouver que ça manque de chapeaux. Mon beau-frère continue à prendre des notes ! Tant de notes ! On le regarde. Moi aussi, je le regarde. Comme il a l'air Français !

Avec un tailleur anglais, un bottier suédois, un chapelier américain, ce joli homme réalise le type français dans toute sa correction incolore. La douceur menue des gestes trop fréquents, la juste proportion des traits d'un visage régulier et dénué de caractère, cela suffit-il à dénoncer en lui le Français-type, sans grandes qualités, et sans grands défauts ?

Marthe, brusque, me tire de ma rêverie ethnologique.

— Ne parlez pas tous à la fois, s'il vous plaît. Vrai, ce qu'on se rase, ici. Il n'y a pas une usine *encore* plus folâtre ?

— Si, dit Léon, qui consulte son Baedeker. Le restaurant de Berlin. C'est plus chic, plus français, mais moins couleur locale.

— Tant pis pour la couleur locale. Je viens pour Wagner et pas pour Bayreuth. Alors nous irons demain au Berlin...

— ... Nous paierons dix marks une truite au bleu...

— Et encore quoi ? Maugis est là pour... pour une addition... ou deux.

(Je me décide à intervenir) :

— Mais, Marthe, ça me gêne, moi, de me faire inviter par Maugis...

— Eh bien, ma chère, pendant ce temps-là tu iras au Duval...

Léon, ennuyé, pose son crayon :

— Voyons, Marthe, que vous êtes cassante ! D'abord, il n'y a pas de Bouillon Duval...

Très nerveuse, Marthe jette un rire aigre.

— Ah ! Ce Léon ! Il n'y a que lui pour avoir des mots de situation... Allons, Annie, ne fais pas la martyre. C'est ce poulet aux poires qui m'a mise hors de moi... Venez-vous, tous les deux ? Je suis vannée, je rentre.

Elle ramasse, d'un geste maussade, sa jupe traînante et floconneuse, et balayant la terrasse d'un regard de dédain :

— C'est égal, quand on aura un petit Bayreuth à Paris, ce que ce sera plus chic, mes enfants... et plus couru !

Ce qu'a été cette première nuit... il vaut mieux n'en point parler. Tapie au milieu du dur matelas, hérissée au contact des draps de coton, je respirais avec crainte le relent — imaginaire ? — de chou qui filtrait sous les portes, par les fenêtres, à travers les murs. Je finis par vaporiser tout un flacon d'œillet blanc dans mon lit, et je me dispersai dans un sommeil illustré de rêves voluptueux et ridicules, — toutes les pages d'un mauvais livre un peu caricatural — une débauche en costume Louis-Philippe ; Alain, en nankin, et plus entreprenant qu'il ne le fut jamais. Moi, en organdi, plus révoltée que je ne le songeai jamais... Mais aussi ce pantalon à pont rendait tout consentement impossible.

$\mathcal{L}$e hasard des places louées presque au dernier moment, m'a séparée de Marthe et de Léon. Je m'en félicite sans le dire. Debout dans la sourde lumière des lampes rondes en collier rompu autour de la salle, j'analyse avec précaution l'odeur de caoutchouc brûlé et de cave moisie. La laideur grise du temple ne me choque pas. Tout cela — et la scène basse, et l'abîme noir d'où jaillira la musique — trop décrit, me semble à peine nouveau. J'attends. Dehors, la seconde fanfare sonne (l'appel de Donner, je crois). Des étrangères retirent leur épingle à chapeau, d'un geste blasé et familier. Je les imite. Comme elles, je regarde vaguement la *Fürstenloge* où paradent des ombres noires, où se penchent de grands fronts dénudés... Cela n'a point d'intérêt. Il faut attendre encore un peu, que la dernière porte matelassée se soit ouverte une dernière fois, rabattant un petit volet de jour bleu, que la dernière vieille lady ait toussé une bonne fois, qu'enfin le *mi* bémol monte de l'abîme et gronde comme une bête cachée...

— Évidemment, c'est très beau, décrète Marthe. Mais ça manque d'entractes.

Je frémis encore et je cache mon émotion comme un désir sensuel. Aussi réponds-je simplement que ça ne m'a pas paru très long. Mais ma belle-sœur, qui inaugure en vain une robe orangée, de la même nuance que ces cheveux, prise peu ce « prologue-féerie ».

— Les entractes, ici, ma chère, ça fait partie du théâtre. Une chose à voir ; demandez à tous les habitués. On y mange, on s'y rencontre, on échange longuement ses impressions... Le coup d'œil est à peu près unique. N'est-ce pas Maugis ?

Le grossier personnage lève imperceptiblement ses lourdes épaules :

— « Unique », c'est le mot que je cherchais. N'empêche qu'ils n'ont pas la trouille de servir ici, en lieu et place de bière blonde, cette f... ichue lavasse à l'encaustique. Venir à Bayreuth pour boire ça, c'est à se les rouler dans la farine !

Écroulé, débraillé, je cherche en vain sur lui la marque réhabilitante du fanatisme. Maugis est un de ceux qui ont « découvert » Wagner en France. Il l'a imposé d'année en année, par des chroniques têtues, où le scepticisme déboutonné côtoie étrangement un lyrisme d'alcoolique. Je sais que Léon méprise son vocabulaire ballonné et canaille et que Maugis traite Léon « d'homme du monde »... Ils s'entendent à merveille pour le reste, surtout depuis deux mois.

Perdue dans cette salle énorme de la restauration du théâtre, je me sens si loin... ce n'est pas assez dire, si... séparée de tout ! Le démon de la musique m'habite encore, la plainte des ondines pleure en moi, et lutte avec l'assourdissant cliquetis de vaisselle et de fourchettes. Des serveurs affolés, en habits noirs positivement raidis de graisse, courent les mains chargées, et la mousse rosâtre des bocks se verse dans le jus des viandes...

— Comme si ce n'était pas assez de leur « *gemischtes-compote* », grogne Marthe pleine de rancune. Ce Loge était particulièrement médiocre, n'est-ce pas, Maugis ?

— Pas particulièrement, oh ! Non, repart celui-ci avec des mines d'indulgence bouffonne. Je l'ai entendu il y a dix-sept ans dans le même rôle, et je le trouve indiscutablement meilleur aujourd'hui.

Marthe n'écoute pas. Elle braque ses yeux, puis son face-à-main, vers le fond de la salle :

— Mais... mais parfaitement, c'est elle !

— Qui, elle ?

— La Chessenet, donc ! Avec des gens que je ne connais pas. Là, tout au fond, la table contre le mur.

Péniblement remuée, comme tirée en arrière vers ma vie ancienne, j'explore avec crainte l'échiquier des tables : ce chignon d'un blond pâle et rose, c'est bien celui de Valentine Chessenet.

— Dieu, quel ennui ! Soupiré-je découragée.

Marthe baisse son face-à-main pour me dévisager.

— Qu'est-ce que ça peut te faire ? Tu ne crains pas, ici, qu'elle te repige ton Alain ?

(Je me cabre légèrement.)

— Repiger ? Cela veut bien dire « piger une deuxième fois » et je ne sache pas...

— On ne dit pas « sacher », on dit « sacquer », explique Maugis, bienveillant et pâteux.

Marthe se tait, serre la bouche, et m'observe en coin. Ma fourchette tremble un peu dans ma main, Léon mordille son crayon d'or, jette autour de lui un œil de reporter. Brusque, violente, l'envie me monte de prendre ce mollasse par la nuque et de frapper contre la table sa jolie figure sans énergie... Puis mon sang soulevé retombe, et je demeure étonnée d'un si ridicule transport... La musique ne me vaut rien, je crois.

La vue de cette Chessenet m'a ramenée vers Alain, que je vois, — l'instant d'un éclair, — sans vie, endormi et blanc comme un mort...

La maîtresse de mon mari !... Si elle avait été la maîtresse de mon mari !... Depuis deux heures je me répète cela, sans en pouvoir tirer une image, bien précise. Je ne puis évoquer le souvenir de madame Chessenet autrement qu'en costume de soirée, ou en tenue de concert élégant, coiffée d'un de ces chapeaux trop petits dont elle essaie de se créer un genre bien à elle... le genre Chessenet ! Pourtant, si elle a été la maîtresse de... elle a dû laisser tomber sa robe étroite, enlever délicatement ce chapeau trop petit... Mais ma tête fatiguée n'invente pas plus loin. Et puis, je ne me figure pas non plus Alain faisant, comme on dit, la cour à une femme. Il ne m'a pas fait la cour, à moi. Il ne fut jamais suppliant, pressant, inquiet, jaloux. Il m'a donné... une cage. Cela m'a suffi si longtemps...

Sa maîtresse ! Comment cette idée ne m'inspire-t-elle pas contre mon mari plus de rancune désolée ? Est-ce que je ne l'aimerais plus du tout ?

Je ne peux plus, je suis fatiguée. Quittons tout cela. Songe, Annie, que tu es maintenant seule et libre, pour des semaines encore... Libre ! Le singulier mot... Il y a des oiseaux qui se croient libres, parce qu'ils sautillent hors de la cage. Seulement, ils ont l'aile rognée.

— Comment, tu es encore couchée ?
Toute prête, j'entrais chez Marthe, pour lui demander de visiter un peu Bayreuth le matin ; je la trouve encore au lit, potelée et blanche dans ses cheveux roux. À mon entrée, elle tourne d'un brusque saut de carpe sa croupe ronde sous les draps. Elle bâille, elle s'étire… Elle couche avec toutes ses bagues… Elle me jette, sous les sourcils froncés, un rapide regard gris :

— Tu sens déjà la rue ! Où vas-tu ?

— Nulle part, je voulais me promener seulement. Tu es souffrante ?

— Mal dormi, migraine, flemme…

— Tant pis pour moi. J'irai toute seule.

Je sors après une poignée de main à ce pauvre Léon, qui n'as pas quitté son guéridon d'acajou — aussi laid que le mien — où il dépêche, avant le grand déjeuner, ses soixante lignes…

Toute seule dans la rue ! Je n'oserai rien acheter, je parle trop mal l'allemand. Je regarderai. Voilà déjà un magasin modern style qui est tout un monde… un monde wagnérien. Les Filles du Rein, pour la photographie, se sont enlacées épaule à épaule ; trois affreuses commères, dont l'une louche, et coiffées « en fleurs » comme ma cuisinière luxembourgeoise à son jour de sortie… Au bord du cadre pyrogravé, sinuent des algues… ou des lombrics. Le tout : dix marks. C'est donné.

Pourquoi tant de portraits de Siegfried Wagner ? Et de lui seul ? Les autres enfants du « feu à Cosima », comme l'appelle Maugis, sont cependant moins vilains que ce jeune homme au nez caricatural et débonnaire. Que Siegfried conduise l'orchestre, et même le conduise assez mal, cela ne constitue pas une excuse suffisante… L'odeur du chou persiste… Ces rues n'ont aucun caractère et j'hésite, en haut de l'Opernstrasse, à tourner vers la droite ou vers la gauche…

« L'enfant perdu que sa mère abandonne
Trouve toujours un asile au saint lieu… »

chante derrière moi une voix d'oiseau effronté.

— Claudine !… Oui, je ne sais où aller. J'ai si peu l'habitude de sortir seule.

— C'est pas comme moi. À douze ans, je trottais tel un petit lapin..., à quoi je ressemblais, d'ailleurs, par la blancheur du derrière.

Le... postérieur tient vraiment une place excessive dans la conversation de Claudine ! Il ne s'en faut guère que de cela qu'elle me plaise tout à fait.

Je songe, en marchant auprès de cette libre créature, qu'Alain me permettait de voir chez elles des femmes douteuses, pas même douteuses ! Comme cette Chessenet, comme la Rose-Chou, qui s'assure, avant, que ses amants sont « nés », et qu'il me défendait Claudine, qui est charmante, qui adore son mari et ne le cache pas. N'avais-je pas plus à perdre auprès de celles-là que de celle-ci ?...

— Au fait, Claudine, je m'étonne de vous rencontrer sans Renaud, et sans Fanchette.

— Fanchette dort, et d'ailleurs la poussière de charbon lui noircit les pattes. Mon Renaud travaille à sa *Revue diplomatique*, où il engueule Delcassé à l'instar du poisson pourri. Alors, je suis sortie pour ne pas le déranger, d'autant plus que j'ai le vertige, ce matin.

— Ah ! Vous avez le...

— Le vertige, oui. Mais vous-même, Annie, en voilà des façons de petite indépendante, toute seule dans une ville étrangère, sans gouvernante ! Et votre rouleau de cuir ? Et le carton à dessins ?

Elle me taquine, drôlette dans sa jupe écourtée, son canotier en grosse paille penché sur le nez, les cheveux courts en boucles rondes, son visage triangulaire tout brun sur la chemisette blanche en soie chinoise. Ses beaux yeux presque jaunes l'éclairent toute, comme les feux allumés en plein champ.

— Marthe se repose, répondis-je enfin. Elle est fatiguée.

— De quoi ? De se faire peloter par Maugis ? Oh ! Qu'est-ce que j'ai dit ? Se reprend-elle, la main hypocritement à plat sur la bouche, comme pour refouler la phrase imprudente...

— Vous croyez ?... Vous croyez qu'elle... qu'il lui fait ce que vous dites ?

(Ma voix a tremblé. Claudine ne m'apprendra rien. Sotte que je suis ! Elle secoue les épaules et tourne sur un pied) :

— Ah ! bien ! Si vous écoutez tout ce que je dis... Marthe est comme un tas de femmes que je connais, ça l'amuse qu'on la viole un peu devant tout le monde. En tête-à-tête, c'est autre chose. Allez, elles n'en sont pas plus malhonnêtes pour ça.

Un si beau raisonnement ne me convainc pas. « Devant tout le monde » c'est déjà trop...

Je marche pensivement à côté de Claudine. Nous croisons des Anglaises — encore ! — et des Américaines, en dentelle et en soie, dès dix heures du matin. On regarde beaucoup ma compagne. Elle s'en aperçoit et rend coup d'œil pour coup d'œil avec un aplomb indifférent. Une seule fois, elle se retourne vivement, et me tire par la manche :

— La jolie femme ! Vous avez vu ? Cette blonde, avec des yeux couleur café brûlé ?

— Non, je n'ai pas fait attention.

— Petite gourde, va ! Où allons-nous ?

— Je n'allais nulle part. Je voulais voir un peu la ville.

— La ville ? Pas la peine. C'est rien que des cartes postales, et le reste en hôtels. Venez, je sais un joli jardin : on se mettra assis par terre...

Sans force devant sa volonté turbulente, je mesure mon pas sur son pas vif et long. Nous suivons une laide rue, nous dépassons le Schwarzes Ross, puis une grande place déserte, provinciale, agréable et triste, tilleuls et statues...

— Qu'est-ce que c'est, cette place, Claudine ?

— Ça, je ne sais pas. La place de la Margrave. Quand je ne suis pas sûre, je baptise toujours : de la Margrave. Venez, Annie, nous arrivons.

Une petite porte au coin de la grande place, ouvre un jardin fleuri et bien ordonné, bientôt élargi en parc, un parc un peu négligé, qui pourrait aboutir à quelque château engourdi et frais d'une province de France.

— Ce parc, c'est ?

— Le parc de la Margrave ! Affirme Claudine avec aplomb. Et voici encore un banc de la Margrave, un soldat de la Margrave, une nounou de la Margrave... C'est vert, pas ? Ça repose. On croirait Montigny... en beaucoup moins bien.

— Vous aimez votre Montigny ? Un beau pays ?

Les yeux jaunes de Claudine s'allument, puis se noient, elle tend les bras d'un geste d'enfant...

— Un beau pays ? J'y suis heureuse comme une plante dans la haie, comme un lézard sur son mur, comme... je ne sais pas, moi. Il y a des jours où je ne rentre pas entre le matin et la nuit... où *nous* ne rentrons pas, corrige-t-elle. J'ai appris à Renaud à connaître combien ce pays est beau. Il me suit.

Sa tendresse vibrante pour son mari me jette, une fois de plus, dans une mélancolie tout près des pleurs.

— Il vous suit... oui, toujours !

— Mais je le suis aussi, fait Claudine, surprise. Voilà, nous nous suivons... sans nous ressembler.

Je penche la tête, je gratte le sable du bout de mon en-cas :

— Comme vous vous aimez !

— Oui, répond-elle simplement. C'est comme une maladie.

Elle rêve un moment, puis ramène ses yeux vers moi.

— Et vous ? Interroge-t-elle brusquement.

Je tressaille.

— Et moi... quoi ?

— Vous ne l'aimez pas, votre mari ?

— Alain ? Mais si, naturellement...

Je me recule, mal à l'aise. Claudine se rapproche, impétueusement :

— Ah ! « Naturellement ? » Ben, si vous l'aimez naturellement, je sais ce que ça veut dire ! D'ailleurs...

Je voudrais l'arrêter, mais j'arrêterais plus facilement une ponette emballée !

— D'ailleurs, je vous ai vus souvent ensemble. Il a l'air d'un bâton, et vous d'un mouchoir mouillé. C'est un maladroit, un nigaud, un brutal...

(Je me gare du geste comme devant un poing levé...)

— ... Oui, un brutal ! On lui a donné une femme, à ce rouquin-là, mais pas avec la manière de s'en servir, ça sauterait aux yeux d'un enfant de sept mois ! « Annie, on ne fait pas ci... ce n'est pas l'usage. Annie, on ne fait pas ça... » Moi, à la troisième fois, je lui aurais répondu : « Et si je vous fais cocu, ça sera-t-y la mode ? »

J'éclate, à la fois, de rire et de larmes, tant elle a lancé le mot avec une furie comique. La singulière créature ! Elle s'est enflammée au point d'enlever son chapeau, et secoue ses cheveux courts pour se rafraîchir.

Je ne sais comment me reprendre. J'ai encore envie de pleurer, et plus du tout envie de rire, Claudine se tourne vers moi, avec une figure sévère qui la fait ressembler à sa chatte :

— Il n'y a pas de quoi rire ! Il n'y a pas non plus de quoi pleurer !

Vous êtes une petite gnolle, un joli chiffon, une loque de soie, et vous n'avez pas d'excuse, puisque vous n'aimez pas votre mari.

— Je n'aime pas mon...

— Non, vous n'aimez personne !

Son expression change. Elle se fait plus sérieuse :

— Car vous n'avez pas d'amant. Un amour, même défendu, vous eût fait fleurir, branche souple et sans fleurs... Votre mari ! Mais si vous l'aviez aimé, au beau sens du mot, aimé comme j'aime ! dit-elle — ses mains fines ramenées sur la poitrine avec une force et un orgueil extraordinaires — vous l'auriez suivi sur la terre et sur la mer, sous les coups et les caresses, vous l'auriez suivi comme son ombre et comme son âme !... Quand on aime d'une certaine manière, reprend-elle bas, les trahisons elles-mêmes deviennent sans importance...

J'écoute, tendue vers elle, vers sa voix révélatrice de petite prophétesse, j'écoute avec une désolation passionnée, les yeux sur les siens qui regardaient loin. Elle s'apaise et sourit comme si elle m'apercevait seulement.

— Annie, il y a dans les champs, chez nous, une graminée fragile qui vous ressemble, à tige mince, avec une lourde chevelure de graines qui la courbe toute. Elle a un joli nom que je vous donne quand je pense à vous, « la mélique penchée ». Elle tremble au vent, elle a peur ; elle ne se redresse que lorsque ses grains sont vides...

(Son bras affectueux entoure mon cou.)

— Mélique penchée, que vous êtes charmante, et quel dommage ! Je n'ai pas vu de femme, depuis... depuis longtemps, qui vous valût. Regardez-moi, fleurs de chicorée, yeux plus cillés qu'une source dans l'herbe noire, Annie à l'odeur de rose...

Toute brisée de chagrin, toute amollie de tendresse, j'appuie ma tête à son épaule, je lève vers elle mes cils encore mouillés. Elle penche son visage et m'éblouit de ses yeux fauves, si dominateurs soudain que je ferme les miens, accablée...

Mais le bras affectueux se dérobe, me laisse chancelante... Claudine a sauté sur ses pieds. Elle s'étire en arc, frotte ses tempes d'une main rude...

— Trop fort ! Murmura-t-elle. Un peu plus... Et moi qui ai tant promis à Renaud...

— Promis quoi ?... demandé-je, encore égarée.

Claudine rit à mon nez d'un drôle d'air, montrant ses dents courtes.

— De... de... d'être rentrée à onze heures, mon petit. Applettez, nous arriverons un peu juste.

*L*e premier acte de *Parsifal*, qui vient de finir, nous rend au grand jour désenchantant. Pendant les trois journées qui ont suivi *Rheingold*, ces longs entractes, qui font la joie de Marthe et Léon, ont toujours coupé, de la manière la plus inopportune et la plus choquante, mon illusion ou mon ivresse. Quitter Brünnhilde abandonnée et menaçante, pour retrouver ma belle sœur fanfreluchée, la tatillonnerie de Léon, la soif inextinguible de Maugis, la nuque décolorée de Valentine Chessenet, et les « Ach ! » et les « Colossal ! » et les « Sublime ! » et le lot d'exclamations polyglottes prodiguées par tant de fanatiques sans discrétion, non, non !

— Je voudrais un théâtre pour moi toute seule, avoué-je à Maugis.

— Voui, répondit-il, quittant une minute la paille de son grog bouillant, vaut mieux entendre ça que d'être cul-de-jatte. Vous êtes un type dans le genre de Louis de Bavière. Voyez où l'a conduit cette fantaisie malsaine : il est mort après avoir construit des résidences d'un style qui n'a de nom que dans la plus départementale pâtisserie ! Méditez sur ce triste résultat des mauvaises habitudes solitaires.

Je sursaute ! Je laisse là cet alcoolique, et refusant la trop grosse glace au citron que me tend Claudine, je vais m'adosser contre un pilier du péristyle, face au soleil bas. Les nuages rapides se hâtent vers l'Est, et leur ombre est tout de suite froide. Sur Bayreuth, les fumées noires des usines se replient, lourdes, jusqu'à ce qu'un vent plus vigoureux les boive, d'un souffle.

Un groupe de Françaises — corsets droits qui écrasent les hanches, jupes trop longues rejetées en arrière et plaquées en avant — parle haut et pointu, l'esprit très libre et loin de la musique souveraine, avec cette agitation froide qui les fait charmantes une minute et agaçantes au bout d'un quart d'heure. Ce sont de jolies créatures. Même sans les entendre, on les devine d'une race faible et nerveuse, méprisantes et sans volonté durable, si différentes, par exemple, de cette Anglaise rousse et calme, qu'elles épluchent du haut en bas et qui les ignore, assise sur un degré du perron, montrant ses grands pieds mal chaussés avec une tranquillité pudique... À mon tour elles me regardent et chuchotent.

La plus renseignée explique : « Je crois que c'est une jeune veuve, qui vient ici à chaque festival pour un ténor de la maison... » Je souris à cette imagination agile et calomniatrice, et m'écarte vers Marthe qui, animée, blanche et mauve, appuyée à l'ombrelle haute, parade dans sa grâce la plus trianon, reconnaît des Parisiens, lance des bonjours, inventorie des chapeaux... Et toujours cet odieux Maugis qui frôle sa jupe ! Je préfère rebrousser chemin vers Claudine.

Mais Claudine bavarde ferme — un énorme gâteau bourré de crème entre ses doigts dégantés — avec une étrange petite créature... Ce brun visage égyptien où la bouche et les yeux semblent tracés de deux coups de pinceau parallèles, encadré de boucles rondes et dansantes comme celles d'une petite fille de 1828, mais c'est mademoiselle Polaire ? Tout de même, Polaire à Bayreuth, ceci passe l'invraisemblable.

Souples, bougeantes, au bord du front, dans la raie, un petit nœud de ruban — blanc pour Polaire, noir pour Claudine — les gens qui les contemplent avidement les déclarent pareilles. Je ne trouve pas : les cheveux de Claudine moutonnent moins sages, plus garçonniers, ses regards, qui n'évoquent pas l'Orient comme les yeux de Polaire, — ces admirables yeux de défiance... et plus de servage. N'importe, elles se ressemblent. Passant derrière elles, Renaud caresse avec une tendresse amusée, vite, leurs deux toisons courtes ; puis, riant de mon regard stupéfait :

— Mais oui, Annie, parfaitement, c'est Polaire, notre petite Lily.

— Leur Tiger Lily, complète Maugis, qui nasille et mime un cake-walk avec d'extravagants déhanchements de minstrel dont j'ai honte de rire :

> *She draws niggers like a crowd of flies,*
> *She is my sweetest one, my baby Tiger Lily !*

Me voilà bien renseignée !

Insensiblement, je me suis trop approchée des deux amies, curieuse... Claudine m'a vue. Un geste impérieux m'appelle. Très embarrassée de moi-même, je me trouve devant cette petite actrice qui me regarde à peine, toute occupée à se tenir sur un pied, à jeter en arrière ses cheveux bruns aux reflets fauves, à expliquer fiévreusement je ne sais quoi, avec une voix de gorge prenante et pinçante :

— Vous comprenez, Claudine, si je veux faire du théâtre sérieux, il faut que je connaisse tout le théâtre sérieux d'avant moi. Alors, je suis venue à Béreuth pour m'instruire.

— C'était votre devoir, approuve fermement Claudine, dont les yeux havane expriment la jubilation.

— On m'a logée tout au bout de la ville, au diable, là-bas, à la cabane Bambou...

(« À la cabane Bambou ! » Quel singulier nom d'hôtel ! Claudine voit mon ahurissement, et me renseigne avec une bonté angélique) :

— C'est le bambou de la Margrave.

— Ça ne fait rien, continue Polaire, je ne regrette pas mon voyage, quoique !... vous savez, chez madame Marchand, c'était autrement monté qu'ici, et puis, leur Wagner, il y a pas de quoi se taper le derrière par terre !... Tant qu'à sa musique, je m'en bats l'œil et le flanc droit, de la patrouille !

— ... Comme s'exprime Annie, glisse Claudine en me regardant.

— Ah ! Madame dit ça aussi ? Enchantée de la rencontre... Qu'est-ce que je disais donc ? Ah ! Oui. Moi, ça fait déjà deux fois que je viens à *Parsifal*, pour m'assurer qu'il y a du sale monde partout. Vous avez vu, Kundry, ce bandeau qu'elle a autour du front, et puis les fleurs, et puis le voile qui pend ? Eh bien, c'est juste la coiffure que Landorff m'avait inventée pour le Wintergarten de Berlin, l'année que je me suis tant barbée à chanter le « *petit Cohn* ! »

Polaire triomphe et souffle un instant, oscillante sur ses talons hauts, sur sa taille anormale qu'elle pourrait ceindre d'un faux col.

— Vous devriez réclamer, conseille Claudine avec chaleur.

Polaire tressaille comme un faon et repart :

— Jamais, c'est au-dessous de moi... (ses beaux yeux s'assombrissent). Moi, je ne suis pas une femme comme les autres. Et puis quoi ? Réclamer à ces Boches ? Oh ! Là là... ousqu'est ma brosse à reluire ? Et puis, je n'en finirais pas. Encore dans leur *Parsifal*, tenez, au trois, quand le bouffi trempe dans l'eau et que le gonze poilu est en train de l'arroser, eh bien, la pose du type, les mains jointes à plat et le corps de trois-quarts c'est mon geste de la *Chanson des Birbes*, qu'il m'a chipé. On peut le dire, que je souffre ! Et tout mon côté, Claudine, droit, de corset, que les baleines sont cassées !

J'étudie son séduisant visage, d'une mobilité cinématographique, qui exprime tour à tour l'exaltation, la révolte, une férocité nègre, une mélancolie énigmatique, ombres qu'éparpille un rire brusque et secoué, tandis que Polaire lève son menton aigu comme un chien qui hurle à la lune. Puis elle nous plante là, sur un adieu enfantin et sérieux de petite fille bien élevée.

Je suis des yeux, un moment, sa démarche vive, son adresse à se faufiler entre les groupes, avec un tour de reins preste, des cassures de gestes qui font songer à celles de sa syntaxe, une inclinaison de bête savante marchant sur ses pattes de derrière...

— Quarante-deux de taille ! songe Claudine. C'est une pointure de soulier, non pas de ceinture.

— Claudine...

— Mon enfant ?

— Elle vous ressemble, n'est-ce pas ?

— Plus encore que vous ne croyez !

— Comment ?

— Hé oui, depuis que je l'ai vue au théâtre, je me vois en elle ; ses rires énervés, ses pieds dansants, son insolence écolière sont de Claudine à Montigny, et j'envie sur elle mon enfance déjà lointaine.

— Lointaine, oh, Claudine !

(Elle n'écoute pas ma protestation sincère, elle parle pour elle-même, sans plus songer à moi) :

— C'est bien ainsi que je sautai à la figure maquillée de mon cousin Marcel... Ce regard de Polaire, levé et buveur, ne l'eus-je pas vers mon cher et indulgent mari ?... Ne m'offris-je pas de cette sorte, petite poupée raidie d'amour, les bras écartés, au Renaud qui ne voulait pas me prendre ?... Hé bien quoi, me voilà toute envornée, ma pure parole ! Qu'est-ce que vous me demandiez, ma jolie ?

— Je vous demandais... si ça ne vous fait rien de parler avec Mlle Polaire en public.

— Non, pourquoi ?

— Parce que... je vous dis cela en amie tout à fait... je sais que vos relations avec elle ont fait un peu jaser cet hiver.

— Un peu, vous êtes modérée, Annie ! Qu'est-ce que vous voulez, ma pauvre gobette, ces dames ont raison. Polaire ne sait pas les usages du monde : elle n'a jamais qu'un amant à la fois...

— *A*nnie ?... Annie, je te parle !
— Oui, oui, j'entends ! dis-je en sursaut.
— De quoi est-ce que je viens de te parler ?

Sous l'œil inquisiteur de ma belle sœur, je me trouble et je détourne la tête.

— Je ne sais pas, Marthe.

Elle hausse ses épaules, presque visibles en rose sous un corsage de dentelle blanche à emmanchures basses. Un corsage d'une indécence folle — mais, puisqu'il est montant, Marthe se montre ainsi dans la rue, très à l'aise, calme sous le regard des hommes. Elle me gêne.

Armée d'un vaporisateur, elle parfume à l'excès sa chevelure d'un rouge rose. Les beaux cheveux vivants et indociles comme elle-même !

— Assez, Marthe, assez, tu sens trop bon.

— Jamais trop ! Moi, d'abord, j'ai toujours peur qu'on dise que je sens la rousse ! Maintenant que tu es descendue de ton nuage, je recommence : Nous dînons ce soir à Berlin, au restaurant de Berlin, grande bête !... C'est Maugis qui nous rince.

— Encore !

Le mot est parti malgré moi, non sans que Marthe l'ait croisé d'un regard aussi pointu qu'un coup de corne. Plus brave que moi, elle prend l'offensive :

— Quoi, « encore ! » dirait-on pas que nous vivons aux crochets de Maugis ? C'est son tour, nous l'avons invité avant-hier.

— Et hier soir ?

— Hier soir ? c'est autre chose ; il voulait nous montrer Sammet, gargote historique. D'ailleurs, ce n'était pas mangeable, dans cette boîte-là, de la viande dure et du poisson mou ; il nous devait bien un dédommagement.

— À vous, peut-être, mais pas à moi.

— C'est un homme bien élevé ; il ne nous sépare pas.

— Bien élevé... j'aimerais autant que cette fois-ci, il se montrât élevé... comme les autres jours.

Marthe peigne sa nuque à petits coups de lissoir rageurs.

— Charmant ! c'est de la bonne ironie. Décidément tu te formes. C'est la fréquentation de Claudine ?

Elle a accentué sa phrase avec tant d'acidité que je frémis comme si elle m'eût effleurée du bout des ongles...

— J'ai moins à perdre à fréquenter Claudine, que toi à voir Maugis si souvent.

Elle se retourne sur moi, son chignon en casque, la coiffe de la flamme tordue.

— Des conseils ? Tu as un rude culot ! Oui, un rude culot de te mêler de me guider, de fouiner dans mes affaires !... J'ai un mari pour ça, tu sais ? Et je m'étonne que tu oses trouver mauvais ce que Léon accepte comme parfaitement correct !

— Je t'en prie, Marthe...

— Assez, hein ? et que ça ne t'arrive plus ! M. Maugis est, au fond, un ami très dévoué.

— Marthe, je te supplie de ne pas continuer. Injurie-moi si tu veux, mais ne pose pas « Monsieur Maugis » en ami parfaitement dévoué et correct, ni Léon en mari arbitre... c'est me croire par trop niaise !

Elle ne s'attendait pas à cette conclusion. Elle retient son souffle précipité. Elle lutte un long instant contre elle-même, silencieusement, durement, et se maîtrise enfin avec une puissance qui me prouve la fréquence de telles crises.

— Allons, allons, Annie... n'abuse pas de moi. Tu sais quelle soupe au lait je fais, et je crois que tu me taquines exprès...

Elle sourit, les coins de sa bouche encore tremblants :

— Tu viens dîner avec nous, n'est-ce pas !

J'hésite encore. Elle me prend la taille, adroite et caressante comme lorsqu'elle voulait dérider Alain.

— Tu dois cela à ma réputation. Songe donc, on pourra croire en nous voyant tous quatre, que c'est à toi que Maugis fait la cour !

Nous revoilà bonnes amies, mais je sens notre amitié qui craque comme une gelée blanche au soleil. Je suis très fatiguée. Cette petite scène a décidé la grande migraine, suspendue et menaçante depuis hier, à s'abattre sur ma pauvre tête. N'importe, je ne me sens pas mécontente. Il y a un mois seulement, je n'aurais pas eu le courage de dire à Marthe la moitié de ce que je pensais...

La voiture nous emporte vers *Le Vaisseau Fantôme* sans que j'ouvre la bouche, abêtie et le doigt sur la tempe. Léon s'apitoie :

— Migraine, Annie ?

— Migraine, hélas.

Il hoche la tête et me considère de ses doux yeux d'animal. Moi aussi, depuis quelque temps, j'ai grande pitié de lui. Si Marthe porte les culottes, il pourrait bien, lui, porter... Claudine dirait le mot tout à trac. Ma belle-sœur, paisible à ma droite, s'enfarine les joues pour lutter contre la chaleur.

— Nous ne verrons pas Maugis, là-haut, reprend mon beau-frère, il garde la chambre.

— Ah ! fait Marthe indifférente.

Sa lèvre s'est crispée comme pour retenir un sourire. Pourquoi ?

— Il est malade ? demandé-je. Peut-être un peu trop de grogs hier soir ?

— Non. Mais il traite *Le Vaisseau Fantôme* de cochonnerie sentimentale, de raclure italo-allemande, et tous les interprètes de « pieds mal lavés ». Je vous prie de croire, Annie, que je rapporte là ses paroles expresses. Il ajoute, d'ailleurs, que la seule pensée du pêcheur Daland, père de Senta, lui donne grand mal au ventre.

— C'est un genre de critique un peu particulier, dis-je sans aménité.

Marthe regarde ailleurs et ne semble pas désireuse de poursuivre la conversation. À notre gauche, les landaus vides redescendent au grand trot, dans un flot de poussière, et nous montons presque au pas, engrenés dans la file... Ce théâtre de briques (c'est vrai, Claudine a raison, il ressemble à un gazomètre), la foule claire qui l'entoure, la haie d'indigènes bêtement ricaneurs, tout ce décor vu quatre fois seulement, mais invariable, j'éprouve, à le retrouver, l'impatience presque physique qui me saisissait certains jours, à Paris, en regardant de ma chambre l'horizon court et intolérablement connu. Mais, dans ce temps-là, j'avais des nerfs moins exigeants, un maître attentif à m'anémier, la pensée craintive et les yeux bas.

Je n'avouerai qu'à moi-même, à ces feuillets inutiles, mon désenchantement de Bayreuth. Il n'y a pas assez loin d'un entracte de *Parsifal* à un thé parisien, à un cinq heures chez ma belle-sœur Marthe, ou chez cette abominable Valentine Chessenet. Les mêmes ragots, la même fougue de potins et de médisance, voire de calomnie ; le même papotage, qui s'amuse de toilettes, de compositeurs avancés, de gourmandise et d'indécence.

De nouveau, j'aspire à m'en aller. À Arriège, je regardais la faille de lumière entre deux cimes ; ici, j'accompagne d'un regard perdu la fuite des fumées vers l'est... Où fuirai-je le trop pareil, le trop connu, le médiocre, le méchant ? Peut-être aurais-je dû, comme le disait Claudine, accompagner Alain, malgré lui ? Mais non, car j'aurais retrouvé avec lui, en lui, tout ce que je fuis à présent... Hélas ! la migraine est une triste et lucide conseillère, et je l'écoute plus que je ne fais le *Hollandais volant*... L'éther, l'oubli, l'évanouissement frais... cela seul m'attire... Un mark, dans la main du vieil « ouvreur », achète ma liberté, autorise ma fuite silencieuse... « C'est une dame malade... »

Je cours, je monte en voiture, je suis dans ma chambre où Toby dort tendrement sur mes pantoufles, et s'écrie de tendresse en me voyant si tôt. Il m'aime, lui !... Moi aussi, je m'aime. Je me regarde mieux, à présent. Isolée de cet homme blanc dont la peau brillante me faisait si noire, je me trouve plus jolie, et toute pareille, ainsi que l'a dit Marthe, à une jarre élancée de grès fin, où trempent et fleurissent deux corolles bleues de chicorée sauvage. Claudine parlait ainsi comme on songe tout haut... « Fleurs bleues, regardez-moi, yeux plus cillés qu'une source dans l'herbe noire... », mais son bras ami s'est dérobé...

Enfin, enfin, quasi dévêtue, à plat ventre sur le lit fermé et le divin flacon sous mes narines... Tout de suite, l'envolement, la piqûre fraîche de gouttelettes d'eau imaginaires sur toute ma peau ; le bras du méchant forgeron qui se ralentit... Mais je veille à présent, du fond de ma demi-ivresse, je ne veux pas le sommeil, la syncope dont on sort écœurée, je ne veux du petit génie de l'éther, rusé consolateur au sourire équivoque et doux, que le battement d'ailes en éventail, que l'escarpolette émouvante qui me balance avec mon lit...

L'aboiement rageur et bref du petit chien m'éveille, glacée ; je tâtonne pour trouver ma montre. Bah ! ils ne me chercheront guère là-haut, près du « gazomètre »... Ils s'occupent de tant de choses et si peu de moi... Mon égarement, mon sommeil brusque de femme enivrée n'ont pas duré plus d'une heure. J'aurais crus bien plus ! « Tais-toi, tais-toi donc, Toby, j'ai des oreilles si fragiles en ce moment... »

Il se tait à regret, pose son nez carré sur ses pattes, et gonfle ses bajoues trop longues en aboyant encore à l'intérieur. Bon petit gardien, petit ami noir, je t'emmènerai partout... Il écoute, j'écoute aussi ; une porte se referme dans la chambre voisine, celle de Marthe. La toute prévenante madame Meider, sans doute, qui vient « rancher », ouvrir les petites boîtes d'argent, étirer les journaux illustrés de Paris, jetés en boule dans la corbeille.

(Hier, en traversant le vestibule, j'ai surpris dans la cuisine quatre petites Meider, en tabliers à bretelles, qui lissaient d'une main soigneuse et sale une *Vie en Rose* chiffonnée. Elles y apprendront le français, les quatre petites Meider, et autre chose aussi.)

Non, ce n'est pas madame Meider. On parle français... Mais c'est Marthe ! Marthe qui vient prendre de mes nouvelles : je n'attendais pas d'elle une sollicitude si dévouée. Marthe et une voix d'homme. Léon, non.

À demi rhabillée, assise sur mon lit les jambes pendantes, je tâche d'entendre, sans y parvenir. L'éther bourdonne encore, d'une aile ralentie, dans mes oreilles...

Mon chignon tombe. Une épingle d'écaille glisse sur ma nuque, froide et douce comme un petit serpent. À quoi ressemblé-je, avec ce corsage ouvert, ces jupes remontées qui laissent voir ma peau sombre, ces pieds tout chaussés ?... La glace verdâtre réfléchit mon image en désordre, bouche pâlie, yeux d'eau froide tirés vers les tempes, cernés d'un mauve meurtri... Mais qui donc parle dans la chambre de Marthe ?

Ce murmure qui ne cesse pas, ponctué d'un rire tranchant ou d'une exclamation de ma belle-sœur... Une étrange conversation à coup sûr.

Soudain un cri ! Une voix d'homme profère un juron, puis la voix de Marthe irritée : « Tu ne pouvais pas caler ton pied ? »

Bouleversée, je referme ma chemisette avec des mains qui tremblent, j'abats mes jupes comme si l'on m'avait surprise. Mes doigts maladroits enfoncent dans mes cheveux, dix fois, la même fourche inutile... Qui donc est là derrière, mon Dieu ! Marthe dit toujours « vous » à son mari.

Plus rien. Que faire ? Si l'*homme* avait fait du mal à Marthe ? Ah ! je voudrais, je voudrais qu'il ne lui eût fait que du mal, que ce fût un voleur, un rôdeur armé d'un couteau, tant je devine des choses plus laides qu'un crime, derrière cette porte ! Je veux voir, je veux savoir...

J'ai saisi le loquet. J'ouvre, je pousse le battant de toutes mes forces, un bras devant le visage comme si je craignais un coup...

J'aperçois, sans comprendre tout de suite, le dos laiteux de Marthe, ses épaules rondes jaillies de la chemise. Elle est, elle est... assise sur les genoux de Maugis, de Maugis, rouge, affalé sur une chaise, et tout habillé, je crois... Marthe crie, bondit, saute à terre et démasque le désordre de l'affreux individu.

Campée, debout devant moi, en pantalon de linon à jambes larges et juponnées, elle évoque irrésistiblement, sous son chignon roux qui oscille, l'idée d'une clownesse débraillée de mi-carême. Mais quelle tragique clownesse, plus pâle que la farine traditionnelle, les yeux agrandis et meurtriers !... Je reste là sans pouvoir parler.

La voix de Maugis s'élève, ignoblement gouailleuse :

— Dis donc, Marthe, maintenant que la môme nous a zieutés, si qu'on finirait cette petite fête... Qu'est-ce qu'on risque ?

D'un coup de tête bref, elle lui indique la porte, puis marche sur moi et me pousse dans ma chambre si brutale que je chancelle.

— Qu'est-ce que tu fais là ? Tu nous as suivis ?

— Ah ! Dieu non !

— Tu mens !

(Je me redresse, j'ose la regarder mieux.)

— Non, je ne mens pas. J'avais la migraine, je suis rentrée, j'ai donné quelque chose à l'homme de la porte pour qu'il me laisse passer, je...

Marthe rit, comme si elle avait le hoquet, sans ouvrir la bouche.

— Ah ! tu le pratiques aussi, le mark à l'homme de la porte ? Tu es mûre pour le grand coup, Alain n'a qu'à bien se tenir... J'admets ta migraine, mais qu'est-ce que tu venais fiche dans ma chambre ?

Comme c'est brave une femme ! Celle-ci a retrouvé son élément, sa crânerie de pétroleuse sur la barricade. Les poings à la taille, elle braverait une armée, avec la même pâleur, les mêmes yeux insoutenables...

— Parleras-tu ? Qu'est-ce que tu attends pour aller raconter à Léon qu'il est cocu ?

(Je rougis à cause du mot, et à cause du soupçon.)

— Je n'irai pas, Marthe. Tu le sais bien.

Elle me regarde un moment, les sourcils hauts.

— De la grandeur d'âme ? Non. Ça ne prend pas. Un truc, plutôt, pour me tenir en main, pendant le reste de ma vie ? Rentre ça. J'irais plutôt lui dire, moi-même, à l'autre idiot !

(Je fais un geste d'impatience lasse) :

— Tu ne me comprends pas. Ce n'est pas seulement le... la... chose elle-même qui me... qui me choque, c'est l'individu que tu as choisi... oh ! Marthe, cet homme...

Blessée elle se mord la lèvre. Puis elle hausse les épaules, avec une triste amertume.

— Oui, oui. Tu es encore une de ces nigaudes pour qui l'adultère — un mot poncif qui te plaît, hein ? — doit se cacher dans les fleurs, et s'ennoblir par la passion, la beauté des deux amants, leur oubli du monde... Ah ! Là là, ma pauvre fille, garde tes illusions ! Moi je garde mes embêtements... et mes goûts aussi. Cet individu, comme tu l'appelles, possède, entre autres qualités, un portefeuille complaisant, un genre d'esprit crapuleux qui me convient assez, et le tact d'ignorer la jalousie. Il sent le bar ? C'est possible ; j'aime encore mieux cette odeur-là que celle de Léon qui sent le veau froid.

Comme fatiguée tout à coup, elle se laisse tomber sur une chaise :

— Tout le monde n'a pas la chance de coucher avec Alain, ma chère amie. C'est en somme un privilège réservé à un petit nombre de personnes... que j'envie modérément.

(Qu'est-ce qu'elle va dire ? Elle me jette un méchant sourire avant d'ajouter) :

— D'ailleurs, sans vouloir lui faire de tort, ça doit être un fichu amant que mon délicieux frère. « Toc-toc, ça y est... Jusqu'au revoir, chère Madame. » Hein ?

Les larmes aux yeux, je détourne la tête. Marthe agrafe rapidement sa robe, épingle son chapeau, et continue de parler, sèche et fiévreuse :

— ... Aussi, je ne comprends pas que Valentine Chessenet s'en soit toquée si longtemps, elle qui se connaît en hommes...

C'est bien ce nom que je pressentais. Mais, moi aussi, je suis brave à ma manière ; sans bouger, j'attends la fin.

Ma belle-sœur met ses gants, saisit son ombrelle, ouvre la porte :

— Dix-huit mois, ma chère, dix huit mois de correspondance et d'entrevues régulières. Deux fois par semaine, c'était réglé comme une leçon de piano.

Je caresse le petit bull, d'une main toute froide, l'air indifférent. Marthe baisse la voilette de son chapeau couvert de roses, lèche sur ses lèvres le superflu de pommade-raisin, et me guette dans la glace. Ah ! Elle ne verra rien !

— Il y a longtemps Marthe ? J'en ai bien entendu parler, mais jamais d'une façon très précise.

— Longtemps ? Oui, assez longtemps. C'est rompu depuis la dernière Noël... dit-on. Huit mois, bientôt, c'est de l'histoire ancienne. Adieu, grande âme !

Elle claque la porte. Elle se dit à coup sûr : « J'ai riposté. Un beau coup ! Qu'Annie parle à présent si elle veut. Je me suis vengée d'avance. » Elle ne sait pas qu'en pensant tuer quelqu'un, elle frappait sur un vêtement vide.

L'abattement, la courbature, — la honte et la brûlure de ce que j'ai vu, — l'incertitude où je suis de ce qu'il faut décider, — tout cela s'emmêle et me fatigue à l'extrême. Du moins, je sens clairement l'impossibilité de revoir Marthe tous les jours, à toute heure, sans revoir, à côté de sa grâce insolente, l'odieuse face de ce gros homme violacé, presque tout vêtu... et qui n'a pas eu peur, qui ne s'est pas irrité, qui ne s'est pas arrêté... Cette image encore me répugne moins que la dégoûtante certitude qui s'impose à mon esprit : assurément, Maugis, à mon irruption dans la chambre, ne ressentit point de déplaisir, au contraire... L'horreur ! l'horreur ! Est-ce cela, l'adultère, et faut-il croire que ce qu'ils faisaient ressemble à l'amour ? La caresse monotone et brève d'Alain me salissait moins que ceci, et, Dieu merci, si je devais choisir... Mais je ne veux pas choisir.

Je ne veux pas non plus rester ici. Je n'entendrai pas *Tristan*, je ne verrai plus Claudine... Adieu, Claudine, qui vous dérobez ! Car depuis l'heure agitée où elle devina une grande part de mon angoisse, l'heure trouble où je me sentis si près de l'aimer, Claudine fuit les occasions de me parler seule à seule, et me sourit de loin comme à un pays regretté.

Allons, cherchons une autre route ! La saison s'avance. Pour la première fois, je songe que bientôt Alain s'embarquera sur le bateau du retour, et je l'imagine, enfantinement, chargé de gros sacs d'or, de l'or rouge comme ses cheveux...

Une phrase de sa dernière lettre me revient en mémoire : « J'ai constaté, ma chère Annie, que le type de certaines femmes de ce pays se rapproche du vôtre. Les plus agréables ont, comme vous, de lourds et longs cheveux noirs, les cils beaux et fournis, le teint brun, uni, et ce même goût de l'oisiveté et de la songerie vaine. Mais ce climat-ci explique et excuse leurs penchants. Peut-être que de vivre ici eût changé bien des choses entre nous... »

Quoi ! cet esprit net et positif s'embrumerait aussi ? Confusément, il penserait à corriger, à modifier notre... notre « emploi du temps » ? De grâce, assez de changements, assez de surprises, de déceptions ! Je suis lasse, avant de recommencer ma vie. Un coin propre, silencieux, des visages nouveaux derrière lesquels j'ignore tout — je ne demande rien, rien de plus !

Péniblement je me lève, à la recherche de ma femme de chambre... Dans la cuisine, entourée des quatre petites Meider extasiées, elle leur chante d'une forte voix de baryton :

Je vous aimeu... d'amour...

J'en rêve nuit... t'et... jour...

— Léonie, c'est pour mes bagages, je pars tout à l'heure.

Elle me suit sans répondre, ébahie. Les petites Meider ne connaîtront jamais la fin de la valse française...

Revêche, elle plonge dans ma malle.

— Est-ce que je dois faire la malle de madame Léon aussi ?

— Non, non, je pars seule, avec vous et Toby. Et j'ajoute, embarrassée : « J'ai reçu une dépêche. »

Le dos de Léonie n'en croit pas un mot.

— Vous vous ferez conduire à la gare avec les colis, dès que vous serez prête. Je vous rejoindrai avec le chien.

J'ai si peur qu'ils ne rentrent ! Je consulte ma montre à chaque instant. Bénis soient, pour un jour, ces spectacles interminables ! Ils assurent ma fuite.

J'ai payé ma note sans regarder, laissant un pourboire très fort (je ne connais pas les habitudes), qui fait sauter de joie les quatre petites filles en tabliers à bretelles. On n'est pas fier en Franconie !

Enfin, me voilà seule avec Toby colleté de cuir et de poil de blaireau pour le voyage. Sa petite figure noire suit mes mouvements, il comprend et il attend, sa laisse d'acier traînante sur le tapis. Encore un quart d'heure. Vite, à l'adresse de Marthe, un mot sous enveloppe : « Je pars pour Paris. Explique à Léon ce que tu voudras. »

J'ai le cœur serré d'être si seule au monde... Je voudrais laisser un adieu plus tendre que celui-là... mais à qui ?... je crois que j'ai trouvé :

Ma chère Claudine,

> *Quelque chose d'inattendu me force à partir tout de suite. C'est un départ très pénible, très précipité. Mais n'allez pas supposer un accident, survenu à Alain ou à Marthe, ou à moi. Je pars parce que tout me pèse ici ; Bayreuth n'est pas assez loin d'Arriège ni Arriège assez loin de Paris, où je rentre.*
>
> *Vous m'avez fait voir trop clairement que là où ne commande pas le grand amour, il n'y a que médiocrité ou détresse. Je ne sais pas encore quel remède j'y trouverai ; je pars pour changer, et pour attendre.*
>
> *Peut-être auriez-vous su me retenir, vous qui rayonnez la foi et la tendresse. Mais depuis le jardin de la Margrave, vous ne semblez plus le vouloir. Sans doute vous avez raison. Il est juste que vous gardiez pour Renaud, tout entière, la flamme dont vous m'avez un instant éclairée.*

Du moins, écrivez-moi une lettre, une seule lettre. Réconfortez-moi et dites-moi, même en mentant, que ma misère morale n'est pas sans recours. Car je songe au retour d'Alain, avec une si trouble appréhension, que l'espoir même ne m'y est plus clair.

Adieu, conseillez-moi. Souffrez que j'appuie une minute, en pensée, ma tête à votre épaule, comme dans le jardin de la Margrave.

ANNIE.

𝒪nze heures du matin. L'arrivée. Le Paris sec et triste d'une fin d'été. L'estomac creux, le cœur malade, il me semble revenir de l'autre côté du monde, avec l'envie de me coucher là et de dormir. Laissant Léonie lutter contre la douane, je m'enfuis en fiacre vers la maison...

L'arrêt de ma voiture amène sur le seuil de l'hôtel le concierge sans livrée, en manches de chemise, et sa femme — ma cuisinière — dont les joues couperosées se marbrent de rouge et de blanc... Je lis distraitement sur leurs plates figures la surprise, l'embarras, une dignité froissée de serviteurs corrects envers qui on n'agit pas correctement...

— C'est Madame !... mais nous n'avons pas reçu la dépêche de Madame !...

— C'est que je n'en ai pas envoyé.

— Ah ! je disais aussi... Monsieur n'est pas avec Madame ?

— Apparemment non. Vous me ferez déjeuner aussitôt que possible. N'importe quoi, des œufs, une côtelette... Léonie me suit avec la malle.

Je monte lentement les degrés de l'escalier, suivie du concierge qui a endossé précipitamment une tunique verte aux boutons ternis... Je regarde, dépaysée, ce petit hôtel, qu'Alain a voulu acheter... Je n'y tenais pas, moi. Mais *on* ne m'a pas demandé mon avis... Je pensais pourtant qu'au-dessous d'un certain prix, le petit hôtel est plus banal et plus inconfortable qu'un appartement...

Que m'importe tout cela, à présent ? Je me sens indifférente comme une voyageuse. On a posé des doigts sales sur la porte blanche de ma chambre à coucher. L'ampoule électrique du corridor est fêlée... Poussée par l'habitude ancienne, j'ouvre la bouche pour dire qu'on répare, qu'on lave... Puis, je me ravise et me détourne.

Un peu de douceur, un peu de lâcheté me détendent, quand j'ouvre ma chambre blanche et jaune... Sur ce petit bureau laqué, où la poussière paraît peu, j'ai écrit les premières lignes de mon cahier... Dans ce grand lit plat, où mon corps creuse à peine son poids léger, j'ai rêvé migraine, crainte, résignation, ombre brève d'amour, volupté incomplète... Qu'y rêverai-je à présent, dépouillée de ma peur, de ma résignation, et de l'ombre même de l'amour ? C'est une chose extraordinaire qu'une créature aussi faible que moi, aussi penchante vers tout appui moral et physique, se trouve seule, on ne sait comment, sans en périr aussitôt comme un volubilis désenlacé. Peut-être qu'on ne finit pas ainsi... si vite... Machinalement, je viens me mirer au-dessus de la cheminée.

Sans étonnement, j'eusse vu apparaître dans la glace une Annie consumée, diminuée, les épaules plus étroites, la taille plus molle encore qu'avant l'été... Mon image me surprend, et je m'accoude à l'étudier de près.

Les cheveux sombres, feutrés par une nuit en wagon, encadrent d'une marge brutale l'ovale toujours mince d'une figure brune. Mais ce pli de fatigue aux coins des lèvres ne modifie pas seul la ligne de la bouche, une bouche plus ferme, moins implorante qu'autrefois... Les yeux, eux, regardent plus droit, portent, sans faiblir à tout instant, l'auvent soyeux des cils. « Fleurs de chicorée sauvage », mes yeux si clairs, mon unique beauté véritable, je ne pourrai plus vous regarder sans penser à Claudine qui, penchée sur eux, disait par taquinerie : « Annie, on voit jusque de l'autre côté, tant ils sont clairs. » Hélas ! c'était vrai. Clairs, comme un flacon vide. Attendrie par ce souvenir, vaguement enivrée par la nouveauté de mon image, j'incline la tête, je pose mes lèvres sur ma main dégantée...

— Je dois t'y défaire la malle de Madame ?

Léonie, essoufflée, mesure d'un œil hostile cette chambre qu'il faudra « faire à fond »...

— Je ne sais pas, Léonie... J'attends une lettre... Ne sortez que les robes et les jupons de soie, le reste ne presse pas...

— Bien, Madame. Voilà justement une lettre de Monsieur que le portier allait renvoyer en Allemagne.

D'une main brusque, je prends la lettre inattendue. Pour la lire seule, je m'en vais dans le cabinet d'Alain, où je pousse moi-même les persiennes.

Ma chère Annie,

> *C'est un mari très fatigué qui vous écrit. Rassurez-vous ; j'ai dit : fatigué, et non malade. Il a fallu batailler ; je vous ai déjà informée des difficultés de convertir en argent ce qui était en taureaux, et vous les redirai de façon détaillée. Je suis tout au plaisir de m'en être tiré honorablement et d'en rapporter une belle somme. Vous me saurez gré, Annie, d'un voyage qui me permet d'augmenter le train de notre maison, et de vous offrir une fourrure de zibeline aussi belle que celle de Madame ... vous savez qui je veux dire ? ... ma sœur la nomme, trop librement : « la Chessenet ».*

> *Le soleil est pesant à cette heure, et j'en profite pour mettre à jour ma correspondance. Dans la cour de la maison, une fille est assise, qui coud ou fait semblant de coudre. Il y a vraiment une ressemblance assez singulière, et que j'ai remarquée tant de fois, entre sa silhouette immobile, penchée, au chignon noué sur la nuque, et la vôtre, Annie. La fleur rouge est en plus ici, et le petit châle jaune aussi. N'importe, cela m'occupe et fait dévier ma pensée vers vous, et vers mon retour qui n'est plus qu'une affaire de jours…*

De jours ! C'est vrai, il y a longtemps déjà… De jours ! Je finissais par croire qu'il ne reviendrait pas. Il va revenir, il va quitter la terre lointaine, la fille brune qui me ressemble et qu'il appelle peut-être Annie, les nuits d'orage… Il va revenir et je n'ai pas encore décidé mon sort, pris courage contre moi-même et contre lui !

Sans ramasser la lettre, glissée à terre, je songe en regardant autour de moi. Ce cabinet de travail, qui sert de fumoir, n'a pas gardé l'empreinte de son maître. Rien n'y traîne, et rien n'y charme. La verdure déclouée pour l'été laisse un grand panneau de mur blanc, non tendu. Je suis bien mal ici, je ne resterai pas à Paris.

— Léonie !

Le bon gendarme accourt, une jupe pendue à chaque index.

— Léonie, je veux partir demain pour Casamène.

— Pour Casamène ? Oh ! ma foi, non.

— Comment, non ?

— Madame n'a pas écrit à la jardinière, la maison est fermée et pas nettoyée, les provisions pas faites. Et puis, il me faudrait bien deux jours pour les choses qu'on a besoin ici, les jupes de toujours de Madame ont la doublure abîmée, la robe en linon blanc qu'on n'a pas trouvé de teinturier pour elle en Allemagne ; le jupon qui va avec, sa dentelle il faut qu'on la remplace, et encore…

Je ferme les oreilles à deux mains, la syntaxe de Léonie m'impressionne.

— Assez, assez ! Vous avez deux jours pour tout cela. Seulement, écrivez vous-même à la jardinière que… (j'hésite un moment…) que je n'amène que vous. Elle fera la cuisine.

— Bien, Madame.

Léonie sort d'un pas digne. Je l'aurai froissée une fois de plus. Il faut tant d'égards envers les subalternes ! Tous les domestiques qui ont passé dans cette maison ont été de vraies sensitives, des sensitives grognon, qui ressentaient vivement les nuances de l'humeur d'autrui et le laissaient paraître sur leurs visages, en l'absence d'Alain.

Je pars demain. Il est temps, ma patience s'use. Tout ce décor de ma vie conjugale me devient intolérable, même le salon Louis XV où j'attendais le vendredi, docile et horrifiée, le coup de sonnette de la première visiteuse. J'exagère : En ce temps-là, qui recule étrangement, j'étais plus docile qu'horrifiée, et presque heureuse, d'un bonheur incolore, peureux. Errante aujourd'hui, démoralisée et pourtant plus têtue, mon sort est-il meilleur ? C'est un problème bien ardu pour une cervelle aussi fatiguée.

Je ne laisse guère de moi dans ce petit hôtel étroit et haut comme une tour. Alain n'a pas voulu des meubles de grand-mère Lajarisse, ils sont demeurés à Casamène. Quelques livres, deux ou trois portraits d'Annie..., le reste appartient à mon mari. Je lui ai donné, il y a trois ans, ce petit bureau anglais, qu'il a gardé miséricordieusement dans son cabinet de travail. Je tire, indiscrète, la poignée de cuivre du tiroir, qui résiste. Un homme d'ordre ferme ses tiroirs en partant pour un si long voyage. En regardant de plus près, je découvre, scellé minuscule, une petite bande de baudruche gommée, à peu près invisible... Peste ! mon mari montre une confiance relative en son personnel. Mais une précaution aussi dissimulée vise-t-elle seulement le valet de chambre ?... Brusquement la venimeuse figure de Marthe m'apparaît : « dix-huit mois, ma chère, dix-huit mois de correspondance suivie, de rendez-vous réguliers... »

J'aimerais assez connaître le style de Valentine Chessenet. Non pas, grand Dieu, qu'une jalousie physique m'étreigne, que la fièvre pousse ma main... C'est simplement, qu'au point où j'en suis venue, les scrupules me semblent un luxe ridicule.

... Les petites clefs de mon trousseau échouent l'une après l'autre sur la serrure anglaise. Cela m'ennuie de recourir à quelqu'un. Je cherche... Cette règle plate, en fer poli, sur la table à écrire... Oui, en faisant levier sous le tiroir... Que c'est dur ! J'ai chaud, et l'ongle de mon pouce est cassé, un petit ongle rose si soigné au bout de ma main brune... Oh ! quel craquement ! Si les domestiques entraient, croyant à un accident ! J'écoute une minute, effrayée. Les cambrioleurs doivent mourir fréquemment de maladie de cœur...

Le bois de frêne clair a éclaté. Encore un peu de travail et le tablier du joli meuble, fendu, éventré, tombe, suivi d'une avalanche de papiers.

Me voilà interdite comme une petite fille qui a renversé une boîte de dragées ! Par où commencerai-je ? Ce ne sera pas long ; chaque petite liasse, méthodiquement serrée d'un caoutchouc, porte une inscription :

> Voici *Factures acquittées*, voici *Titres de propriété*, voici *Pièces relatives au procès des terrains* (quels terrains ?) puis *Reçus de Marthe* (ah ?) *Lettres de Marthe, Lettres d'Annie* (trois en tout), *Lettres d'Andrée* (mais quelle Andrée ?) *Lettres... Lettres... Lettres...* ah ! enfin : *Lettres de Valent...*

Je vais doucement tourner la clef de la porte, puis, assise sur le tapis, j'éparpille au creux de mes genoux la liasse assez copieuse.

« Mon rouquin d'amour... », « Mon petit homme blanc » (elle aussi !), « Cher ami », « Monsieur », « Méchant gosse... », « Sale lâcheur... », « Ma cafetière en cuivre rouge »... Les appellations varient, certes, plus que le fond des lettres. L'idylle est complète, pourtant. On peut chronologiquement la suivre, depuis le petit bleu « J'ai fait une gaffe en me donnant si vite... » jusqu'au « Je ferai tout pour te ravoir, j'irai plutôt te chercher chez ta petite oie noire... »

En marge ou au verso de toutes les lettres, la raide écriture d'Alain a noté : « Reçu le... Répondu le... par télégramme fermé. » Je l'aurais reconnu à ce trait. Ah ! *elle* peut bien l'appeler rouquin d'amour, ou mimi blanc, ou théière... cafetière, je ne sais plus... c'est toujours le même homme !

Qu'est-ce qu'il faut faire de tout cela, à présent ? Envoyer le paquet de lettres sous pli cacheté, à l'adresse d'Alain écrite de ma main ? On procède ainsi dans les romans. Mais il croirait que je l'aime encore, que je suis jalouse. Non. Je laisse tous les papiers à terre, au pied du meuble cambriolé, avec la règle plate et le trousseau de mes petites clefs. Ce saccage met un réjouissant désordre dans la pièce sans âme. Emportons les *Lettres d'Annie...* Là, c'est fini... La figure d'Alain quand il reviendra !

𝒰ne enveloppe bleue s'accote à ma tasse sur le plateau du petit déjeuner. Au timbre bavarois moins qu'à l'écriture grasse et ronde, j'avais deviné la réponse de Claudine. Elle me répond vite : elle a pitié... Son écriture lui ressemble, sensuelle, vive, droite, et d'où s'élancent des boucles courtes et gracieuses, des barres de T renflées, despotiques...

Ma douce Annie,

Je ne verrai donc plus, de longtemps, les yeux uniques que vous cachez si souvent sous vos cils, comme un jardin derrière une grille, car il me semble que vous voilà partie pour un grand voyage... Et quelle idée avez-vous de me demander un itinéraire ? Je ne suis ni l'Agence Cook, ni Paul Bourget. Enfin, nous verrons ça tout à l'heure, je veux vous dire d'abord le plus pressé, qui est banal comme un fait divers.

Dans la journée qui suivit votre départ, je ne rencontrai pas le ménage Léon à Tristan. Votre beau-frère, ce n'est rien, mais Marthe manquant les entractes de Tristan, les plus sensationnels après ceux de Parsifal ! Nous rentrons du théâtre comme d'habitude, à pied, moi pendue au bras de mon cher grand, et nous songeons tous deux à faire un petit détour pour prendre des nouvelles de Marthe... Horreur ! l'honnête maison Meider ouverte à tout venant, quatre petites filles en tabliers roses qui courent comme des rats. Marthe, enfin, dont j'entrevois le fanal rouge en racines droites et qui nous claque la porte au nez pour nous empêcher d'entrer... Renaud parlemente avec une bonne, écoute ce qu'elle gémit en bavarois ponctué de Yo ! Et m'emmène, si étonné, qu'il avait presque l'air bête... J'exagère.

Savez-vous quoi, Annie ? Léon venait de s'empoisonner, comme une modiste plaquée ! Il avait bu du laudanum, et d'un tel cœur, qu'il s'était collé une indigestion monstre ! Vous allez penser tout de suite que le suicide de Liane hanta ce cerveau éminemment parisien ? Pas du tout. Au cours d'une scène vive, Marthe très énervée — la chronique ne dit pas pourquoi — avait traité son époux de « cocu » avec tant de fréquence et de conviction que le malheureux n'avait plus douté de ce qu'on appelle en style de reporter « l'étendue de son malheur ».

Va pour étendue.

Le lendemain, je tente une reconnaissance, toute seule : Marthe me reçoit, épouse modèle, et me raconte la « fatale erreur », se lève dix fois pour courir auprès du malade... Maugis n'était pas là, parce qu'une dépêche urgente l'avait appelé à Béziers la veille du soir. C'est curieux tout de même, Annie, ce qu'on voit de départs urgents dans la colonie française de Bayreuth !...

Rassurez-vous vite, enfant craintive, le suicidé va bien ; Marthe le soigne comme un cheval qui doit courir le Grand Prix. Sous peu de jours il sera en état de reprendre son travail à raison de quatre-vingts lignes quotidiennes au lieu de soixante, pour rattraper le temps perdu. Votre belle-sœur est une femme intelligente et qui comprend à merveille que la situation de femme mariée et de beaucoup supérieure à celle de la femme divorcée, ou à certains veuvages, même lucratifs.

Vous voilà au courant. Parlons de vous. De vous, embarrassante petite créature, si lente à se connaître elle-même, si prompte, le jour venu, à s'enfuir, silencieuse et coiffée de noir, comme une hirondelle qui émigre.

Vous partez, et votre fuite et votre lettre sont comme un reproche pour moi. Que je vous regrette, Annie à l'odeur de rose ! Il ne faut pas m'en vouloir. Je ne suis qu'une pauvre bête amoureuse de la beauté, de la faiblesse, de la confiance, et j'ai bien du mal à comprendre que, lorsqu'une petite âme comme la vôtre, s'appuie sur la mienne, qu'une bouche s'entrouvre, comme la vôtre, vers la mienne, je ne doive pas les embellir encore, l'une et l'autre, d'un baiser. Je ne le comprends pas très bien, vous dis-je, quoiqu'on me l'ait expliqué.

On a dû, Annie, vous parler de moi, et d'une amie, que j'aimais trop simplement, trop entièrement*. C'était une fille méchante et séduisante, cette Rézi, qui voulut mettre entre Renaud et moi sa grâce blonde et dévêtue, et se donner le littéraire plaisir de nous trahir tous les deux... À cause d'elle j'ai promis à Renaud — et à Claudine aussi — d'oublier qu'il peut y avoir de jolies créatures faibles et tentantes, qu'un geste de moi pourrait enchanter et asservir...

Vous partez, et je vous devine tout en désordre. J'espère, pour vous et pour lui, que votre mari ne va pas revenir tout de suite. Vous n'êtes encore ni assez clairvoyante, ni assez résignée. Que vous n'aimez pas, c'est un malheur, un malheur calme et gris, oui Annie, un malheur ordinaire. Mais songez que vous pourriez aimer sans retour, aimer et être trompée... C'est le seul grand malheur, le malheur pour lequel on tue, on brûle, on anéantit... Et on a rudement raison ! Ainsi, moi, si jamais... Pardonnez-moi, Annie, j'allais oublier qu'il s'agit ici uniquement de vous. Une amoureuse a bien de la peine à cacher son égoïsme.

« Conseillez-moi ! » suppliez-vous. Comme c'est commode ! Je vous sens prête à diverses sottises, que vous accomplirez doucement, avec une mollesse

---

* Voir Claudine en ménage.

entêtée, avec cette grâce de jeune fille qui donne tant d'incertitude et de charme à tous vos gestes, sinueuse Annie.

Je ne veux pourtant pas, bon sang ! vous dire tout à trac : « On ne vit pas avec un homme qu'on n'aime pas, c'est de la cochonnerie », bien que cette opinion ne diffère pas sensiblement de ma vraie pensée. Mais je puis, du moins, vous raconter ce que j'ai fait :

Munie d'un gros chagrin, et d'un petit bagage, je suis rentrée dans mon terrier natal. Pour mourir ? Pour y guérir ? Je n'en savais rien en partant. La divine solitude, les arbres apaisants, la nuit bleue et conseillère, la paix des animaux sauvages, m'ont détournée d'un dessein irréparable, m'ont reconduite doucement au pays d'où je venais — au bonheur...

Ma chère Annie, vous pouvez toujours essayer.

Adieu. Ne m'écrivez pas, si ce n'est pour m'annoncer que le traitement opère. Car j'aurais trop de regret de n'en pouvoir recommander un autre.

Je baise, des cils au menton, tout votre visage qui a la forme fuselée et presque la nuance d'une aveline mûre. De si loin, les baisers perdent leur poison, et je puis poursuivre une minute, sans remords, notre rêve du Jardin de la Margrave.

CLAUDINE.

Claudine m'a trompée. Je suis injuste : elle s'est trompée. La « cure de campagne » n'est pas une panacée, et puis on guérit malaisément le malade qui n'a pas la foi.

Aux premières pages de ce journal (Toby, que je te prenne encore, l'œil saillant et l'oreille fière à le traîner par un coin, comme le cadavre d'un ennemi !), aux premières pages de ce journal sans fin ni commencement, perverti et timide, hésitant et révolté et tout pareil à moi-même, je lis ces mots : « le fardeau de vivre seule... » Annie ignorante ! Que pèse-t-il, ce fardeau-là, auprès de la chaîne que j'ai quatre ans et sans repos, portée, et qu'il faudrait reprendre pour la vie ? Mais je ne veux pas la reprendre. Ce n'est pas que la liberté même se révèle si tentante, et je n'en veux pour preuve que ma fièvre à changer de place, l'amère sensibilité qui mire ma solitude à toutes ces solitudes du ciel, des champs, des âpres rochers gris, dont les coupures fraîches sont rouges... Mais choisir son mal... d'aucuns feraient de cela leur idéal de bonheur...

Hélas oui ! À peine arrivée, je veux repartir. Casamène est à moi, pourtant. Mais j'y ai trop vécu à côté d'Alain. Dans le bosquet romantique, sous le couvert de la « petite forêt » — un taillis modeste que j'avais baptisé de ce nom démesuré — au fond du hangar sombre, où des outils empâtés de rouille font songer à quelque chambre des tortures nurembergeoises, dans tous les recoins de ce domaine démodé, je retrouverais sans peine les marques et les dégradations de nos jeux d'autrefois. Près du ravin, un marronnier porte encore sur son écorce, en ceinture pleine d'ampoules, la trace cruelle d'un fil de fer dont l'enserra Alain, il y a peut-être douze ans. Là, mon sévère compagnon fut l'Oeil-de-serpent, chef d'une tribu de Peaux Rouges, et moi sa petite squaw domestiquée, attentive au feu de pommes de pin. Il s'amusait très fort, presque toujours sérieux et grondeur, d'une raideur qui faisait partie du jeu.

Il n'a jamais aimé Casamène. Mon futile grand-père décora ces quelques hectares d'un peu plus de pittoresque qu'il n'était nécessaire : un ravin, bien entendu *sauvage*, deux collines, une combe, une grotte, un point de vue, une grande allée pour la perspective, des arbustes exotiques, une voie empierrée pour les voitures, tortueuse assez pour que l'on croie parcourir des kilomètres sur ses terres... Tout cela, disait Alain, d'un ridicule achevé. c'est bien possible. J'y vois surtout, à présent, une poignante tristesse de jardin abandonné, et sous ce soleil blanc comme un soleil d'octobre, une fertilité funèbre de cimetière...

« Les arbres apaisants !... » Ah ! Claudine, je sangloterais si je ne me sentais si effarée, si pétrifiée de solitude. Les pauvres arbres, ceux-ci, ne connaissent la paix, ni ne la donnent. Beau chêne tordu, géant aux pieds enchaînés, depuis combien d'années tends-tu vers le ciel tes branchages tremblants comme des mains ? Quel effort vers la liberté t'a versé sous le vent, puis redressé en coudes pénibles ? Tout autour de toi, tes enfants nains et difformes implorent déjà, liés par la terre...

D'autres créatures prisonnières, comme ce bouleau argenté, se résignent. Ce fin mélèze aussi, mais il pleure et chancelle, noyé sous ses cheveux de soie et j'entends de ma fenêtre son chant aigu sous les rafales... Oh ! tristesse des plantes immobiles et tourmentées, se peut-il qu'en vous une âme pliante et incertaine ait jamais puisé la paix et l'oubli !... Ce n'est pas là, Claudine, c'est en vous seule que brillaient la force, le bondissement des bêtes heureuses, la joie qui aveugle et colore à la fois !

Il pleut, et tout en est pire. J'allume tôt la lampe, et je m'enferme, à peine rassurée par les lourds volets pleins, par le bavardage à pleine voix de Léonie avec la petite de la jardinière. Le feu craque, — il faut du feu déjà — les boiseries aussi. Quand la flamme se tait, le silence bourdonnant emplit mes oreilles. Les pattes onglées d'un rat courent distinctement entre les lames des plafonds, et Toby, mon unique petit gardien noir, lève une tête féroce vers cet ennemi inaccessible... Pour Dieu, Toby, n'aboie pas ! Si tu aboies, le silence fracassé va tomber en éclats sur ma tête, comme les plâtres d'une maison trop ancienne...

Je n'ose plus me coucher. Je prolonge ma veillée devant le feu mourant, jusqu'au bout de la lampe, j'écoute les frôlements veloutés, l'haleine du vent qui pousse les feuilles sur le gravier, tous les pas des bêtes menues que je ne connais pas. Je touche, pour me donner courage, la lame large d'un couteau de chasse, et le froid de l'acier, au lieu de me rassurer, m'effraie davantage.

Quelle sotte peur ! Les meubles amis ne me connaissent-ils plus ? Si, mais ils savent que je les quitterai, ils ne m'abritent pas. Vieux piano aux moulures cannelées, je t'ai fatigué de mes gammes. « Plus de nerf, ma petite Annie, plus de nerf ! » Déjà ! Ce portrait de polytechnicien à taille de guêpe, d'après un daguerréotype, c'est mon grand-père. Il creusa des puits au sommet de la montagne, entreprit une culture de truffes, tenta d'éclairer le fond de la mer « à l'aide d'huile de baleine brûlant en vases transparents hermétiquement clos » (!) ; bref, il ruina sa femme et sa fille, l'âme légère et sans remords, adoré des siens. La jolie taille que la sienne, si l'image est sincère ! Une femme d'aujourd'hui pourrait l'envier. Un beau front chimérique, des yeux curieux d'enfant, de petites mains gantées de blanc... C'est tout ce que je sais de lui.

Au-dessus du piano, au mur, une mauvaise photographie de mon père ; je ne l'ai connu que vieux et aveugle. Un homme distingué en favoris blancs — comment suis-je la fille d'un être aussi... quelconque ?

De ma mère, rien. Pas un portrait, pas une lettre. Grand-mère Lajarisse refusait de me parler d'elle et me recommandait seulement : « Prie pour elle, mon enfant. Demande à Dieu miséricorde pour tous les disparus, les exilés, pour les morts... » Il est bien temps, vraiment, d'aller m'inquiéter de ma mère ! Qu'elle reste, pour moi, ce que je l'imaginai toujours : une jolie créature triste, qui est partie ? ou qui s'est tuée ? J'en ai plus de pitié que de souci !

Deux lettres m'arrivent ! Il y a là de quoi m'inquiéter deux fois. Dieu merci, l'une est de Claudine, et l'autre d'Alain. Et puis, je me sens, ce matin, plus forte et plus alerte, calmée par l'heure fraîche, — car le coucou de la cuisine a chanté huit fois ses deux notes de crapaud, — par l'odorant thé bouillant qui fume dans ma tasse bleue, par l'appétit délirant de Toby, qui saute et pleure pointu, durant que je m'attarde. Je respire un air mobile et léger, un air de fête et de départ ; c'est ma manière à moi, oui, Claudine, de goûter la paix des champs, que de rêver au son des grelots sur la route... Je serais une jeune femme de dix-huit cent... trente et quelques. Une créole, n'est-ce pas ? Elles furent à la mode dans ce temps-là. Un mariage malheureux, l'enlèvement, le costume incommode et fragile, les brodequins lacés que blessent les cailloux, la chaise lourde, les postiers fumants... quoi encore ? l'essieu qui se brise, les surprises, la rencontre providentielle... Tout le joli, le ridicule, le sentimental de nos grand-mères...

Dans l'enveloppe au timbre français, quelques lignes seulement de Claudine :

> *Ma chère petite Annie, je ne sais où vous trouver. Que ceci vous parvienne et vous dise seulement que Marthe, à Paris, explique votre fugue en peu de mots : « Ma belle-sœur soigne en province une grossesse difficile. » C'est la grâce que je vous souhaite ! Tout en serait peut-être plus simple ?... Sachez encore que Léon et sa femme me semblent en parfaite santé et en parfait accord.*
>
> *Adieu, je voulais vous rassurer, vous avertir. Cela seulement... et savoir quelque chose de vous car je n'y puis tenir : je crains tout pour vous... hors moi-même. J'avais dit : « Ne m'écrivez pas, si le remède échoue. » Il s'agit bien de remède ! Je veux tout savoir de vous, de vous à qui j'ai, si proprement renoncé. Un mot, une image, une dépêche, un signe... Faites-en ma récompense, Annie. Guérie, ou malade, ou « perdue » comme on dit, ou bien même... ce que dit Marthe... Bouac ! non, pas cela ! Demeurez l'amphore, étroite et grêle, que deux bras refermés peuvent aisément étreindre.*
>
> *Votre*
>
> CLAUDINE.

C'est tout ! Oui, c'est tout. La tendre inquiétude de Claudine même ne me satisfait pas. Quand on n'a rien à soi, comme moi, on espère tout d'autrui... Je répugne à toucher l'énorme lettre de Maugis, toutes ces pages que durent poisser ses mains d'ivrogne...

Salut, la môme Claudine, collez de ma part un bécot au Renaud d'attaque avec lequel, souventes fois, vous forniquez. Vous n'êtes pas assez poires, l'un ni l'autre, pour supposer un seul instant que je m'excuse de n'avoir pu, dans la bousculade d'un départ opportun, vous barber d'une correcte visite p. p. c. Et vous avez bougrement raison de ne pas le supposer ; bon pour les gigolos de la « gomme » ces soucis d' « étiquette » — c'est un mot —, mais moi, je me fiche des convenances envers quiconque, comme votre beau-fils Marcel d'une moukère amoureuse, et, particulièrement, je consens à être changé en pissotière si l'idée me vient jamais de faire des magnes avec vous et votre mec costeau que je considère tellement comme des *poteaux* que je voudrais pouvoir vous offrir sur l'allée des *idem*, au Bois boulonnais, un petit hôtel avec salon à l'anglaise, water-closet Louis XV, lit pour trois personnes, etc., etc.

Mon honorée de ce jour tend seulement à vous notifier que je compte sur vous, formellement, pour me tuyauter, au petit fer, sur les événements échus à Bayreuth, ville et théâtre, depuis que je quittai ce séjour enfumé : j'ai promis pour la fin du mois à une feuille, dont le caissier possède mon estime, le *Journal d'un pèlerin à Wagnéropolis* — titre assuré contre l'incendie — cependant que d'autres canards, dont je ne méprise point les pépettes, réclament mes avis éclairés sur les représentations de Béziers. Or, faute d'un service de tramways reliant les Folies-Cosima et les Arènes, il m'est difficile de faire la navette, dans la même journée, entre la boîte à musique bavaroise et le cirque languedocien, ainsi que j'ai coutume, chaque dimanche, à Paris, entre le Châtelet où Colonne révèle la *Damnation de Faust* et le Nouveau-Théâtre où les concertos de Beethoven sont sifflés comme insuffisamment musicaux par un quarteron de va-de-la-gueule haut perchés.

Doncques, il urge que vous me fournissiez, les aminches, de quoi satisfaire les fervents du *Ring* ; vous me direz si c'est toujours le même cochon qui, sous le pseudonyme de Siegmund, râle le *Ein Schwert verhiess mir...*, répondant au *So grüssich die Burg...* du noble borgne ; vous m'apprendrez si ce jeanfoutre de Siegfried Wagner se décide à faire partir les trombones qui doivent mugir la malédiction d'Alberich quand le marlou à Brünnhilde sort de son bateau pour en monter un à Gunther. Dans le même temps, j'assouvirai avec mes notes personnelles la curiosité de ceusses qui s'intéressent au département vinicole d'où je vous écris — des « Héraultomanes » quoi ! La flemme de Renaud m'est connue, mais il se déchargera sur vous, de tout soin, ô Claudine, qui savez tenir une plume comme si vous n'aviez pas eu d'autre occupation depuis votre naissance. À ces causes, vous allez m'expédier, chaste créature, un bon topo tout fait, truffé de potins et farci de rosseries ; moi, pas dur, je me contenterai de le recopier — non, je ne le recopierai même pas — de le signer et d'en palper le montant. En retour, coureuse, je m'engage à ne plus vous taquiner avec vos vieilles histoires... *Rézi des temps mérovingiens*... et je vous promets une gratitude émue, contenue dans un sac de ces fondants plutôt dégueulasses pour lesquels vous avouez un goût crapuleux. Ça colle ? Bon, je vous savais bien des poteaux auxquels nul bon sentiment n'est étranger... *nihil alienum poteau*... T'es rance !

Je vous revaudrai ça, d'ailleurs. Et tenez, tout de suite, je veux vous envoyer à travers la bobine des détails sur mon séjour ici, détails fichtrement précieux pour Renaud le jour où, Bibi ayant restitué son âme au folâtre Démiurge, l'homme aimé, entre autres, de Claudine, consacrera une étude à la fois biographique, copieuse et définitive, à « notre regretté Maugis » musicographe défunt.

Je suis donc venu de Bayreuth à Béziers, en brûlant Paris, comme un simple communard (à cause de quoi j'espère qu'on m'octroiera quelque jour une de ces trésoreries générales où se prélassent les anciens pétroleurs de 71). Béziers, c'est la deuxième personne (à moi, les génitifs en cascade) *du* pluriel de l'imparfait *de* l'indicatif, *du* verbe le plus sympathique *de* notre belle langue française ; c'est aussi une sous-préfecture qui abuse de ce qu'elle est perchée sur une colline pour prendre des airs prétentieux de vieille ville forte. Au vrai, c'est un repaire de marchands de vins, et les foudres qu'on y rencontre ne sont point de guerre ; c'est aussi, comme l'imprime un journaleux du cru, ou, du moins, ça se croit une « cité amoureuse des arts » depuis qu'un indigène, longuement dénommé Castelbon de Beauxhôtes, s'avisa d'en faire, pour ainsi parler, un centre de décentralisation artistique, à seule fin d'utiliser les Arènes, les fameuses Arènes, mornes comme l'œil d'un coursier qui se conforme à sa triste pensée, silencieuses comme un conrart, du centre gauche, depuis qu'un entrepreneur téméraire, s'étant avisé d'y donner des courses de taureaux, s'était vu mettre en faillite en moins de temps qu'il ne faut à un politicien pour violer sa parole d'honneur.

Or, cette vieille paillarde de Providence, qui est toujours là pour un coup, avait lié d'amitié le Castelbon de ce que j'ai dit avec notre Saint-Saëns national : du commerce de ces deux grands hommes, bien faits pour se pénétrer l'un l'autre, le projet naquit de créer un Bayreuth français, qui serait Béziers, avec 1° dans le rôle de Wagner, Saint-Saëns, et 2° dans celui de Louis de Bavière, Castelbon, le Mécène à faire.

Ce projet, les bougres le mirent à exécution et m'obligent ainsi, pâle victime du devoir professionnel, à bouffer des centaines de kilomètres de voie ferrée pour ouïr leurs confections ; je leur pardonnai, l'an passé, parce qu'ils laissèrent Hérold-Lorrain-Fauré produire un *Prométhée* qui avait de l'allure ; mais ils nous insinuent, cette fois, dans le fondement, une *Parysatis* telle que je me propose d'acquérir une chienne exprès pour leur en garder un chien. Ah ! chaleur !

Je dis bien : « chaleur ». Quand je débarquai, la veille de la première, dans la ville natale de cet autre emmielleur, Viennet, le thermomètre marquait 35 degrés au-dessus de zéro — une paille ! Je dis bien encore : « une paille » ; j'en demandai une dans un café, sur la moleskine gluante duquel je m'affalai, une paille avec une menthe (liquide que j'élus, je le jure, pour ses vertus rafraîchissantes et non pour ses propriétés aphrodisiaques).

Excellente, la menthe du Café de... Allons, bon, j'ai tant souffert de la chaleur que je ne suis pas fichu de me rappeler son nom (Fille de la chaleur, Amnésie, Amnésie !) Du reste, vouloir retrouver un café dans cette ville, c'est vouloir retrouver une faute de français dans un roman du cocu de Marthe, chaque maison est un estaminet et, 3 kilomètres avant d'arriver à Béziers, une schlinguotrouillolante senteur de vermouth et d'absinthe vous saule à la gorge, dénonçant l'approche d'Aperitivopolis.

Tout d'abord, je dus repousser les assauts de deux sous-offs en retraite, deux grognards astucieux, qui se ressemblaient comme deux gouttes militaires, et prétendaient m' « intéresser » à leurs parties de billard. Penses-tu ! Je les envoyai dinguer avec la maestria d'un qui connaît les trucs de filous traduits par Mardrus en prose frangée d'or dans *Ali-Baba et les Caramboleurs* et, vu que je me sentais idiot comme un couplet bêlé par Rachel Launay je résolus — *similia similibus curantur* — de parcourir les gazelles locales que m'offrait une jeune barmaid aux yeux de vice ; en les feuilles de joie prêtées par cette fille à soda, je pigeai, sur la représentation du lendemain, des informations pleines de promesses juteuses, celle-ci, d'abord, que « les dames des chœurs étaient en possession de leurs parties » — ce que ne sauraient dire leurs collègues de la chapelle Sixtine — ; que *Parysatis* coûtait, à monter, 230 balles et qu'on y employait 150 000 figurants (ou le contraire) ; que l'orchestration pour les musiques d'harmonie était de M. Eustace lui-même, chef de génie, je veux dire *du* génie, et qu'enfin, à côté de Laparcerie au torse ondulant, il nous serait donné d'ouïr ces artistes illustres dans les deux mondes qui se nomment Decœur, Brille, Duparc, Fonteney, — tout ça à la fois ! Vous pensez si je jubilais : traverser la France de haut en bas pour retrouver la troupe de l'Odéon, ça valait vraiment le voyage.

Et comme les bonheurs vont par troupe, voici que dans le temps même où j'essayais de digérer ces révélations pimentées, m'apparurent quelques échantillons du Tout-Paris, peu nombreux, mais quels ! le dessus du panier... à salade.

Privée de son habituel chamelier-servant (Annie soit qui mal y pense), la chlorotique Chessenet avait élu un beau brun, l'ex-souteneur-cuisinier de la comtesse Tépion, et près de ce maquereau à la maître d'hôtel, elle semblait fade et glabre plus que jamais : inodore, incolore et sans sapeur.

Miss Tryphé, très occupée par son grand travail de statistique : le *Trust des chats*, songeait à quitter Béziers au plus tôt pour retrouver son cher hôtel des Bouffe-Parisiennes.

À côté d'elle piontifiait tante Laure, vieille « chaussette bleue » morphinomane, la providence des petits télégraphistes qu'elle protège, *pneu* ou prou.

Enfin, essentiel, culminait Jean de Katorzeur, vous savez, ce Serbe à gueule de palefrenier anglais, jadis rédacteur, en langue belge, d'une feuille de chantage bien parisienne, chochotte qui se dit impérialiste pour justifier ses mœurs à la Cambacérès. Depuis que je le menaçai de lui boucher son gagne-pain avec le bout de ma bottine, il m'accable de prévenances — sans doute pour assurer ses derrières, et je l'écoute volontiers, car il y a souvent d'utiles indications à glaner dans les médisances baveuses de ce débineur, toujours prêt à manger le morceau, tous les morceaux : nous déjeunâmes ensemble.

Il était, ce jour-là dans sa meilleure forme et nous achevions à peine les hors-d'œuvre, qu'il m'avait déjà communiqué, lui qui ne m'avait précédé à Béziers que de quarante-huit heures, la liste officieuse et complète de tous les massacreurs d'amazones de l'endroit qui ne perdent pas leur temps avec les femmes ; connaissant le jeanfesse, je ne doutai point qu'il se fût mis en bonne posture pour être renseigné et, tout en lui prêtant une esgourde attentive, je songeais qu'il y aurait une belle étude à écrire, intéressante et neuve, sur la *Viticulture et l'homosexualité dans leurs rapports avec la production musicale*. Jean de Katorzeur voulut-il me convaincre qu'en dépit de sa réputation bien établie, il ne buvait pas de ce vin là ? ou bien touche-t-il une bédide gommission ? je ne sais, mais, après le mégot digestif, il me proposa de m'emmener chez « la comtesse ».

Je craignis d'abord que « la comtesse » ne fût le sobriquet féminin de quelque entubé local, et déjà je me voyais présenté par mon guide à quelque inconnu vêtu de noir lui ressemblant comme une tante ; mais non la comtesse est tout simplement une vieillarde qui gère, dans le quartier réservé aux filles d'amour, une maison assez bien achalandée, ma foi. Les Biterrois, ces grands seigneurs (dans Biterrois, il y a rois) font bien les choses : ils ont donné aux rues discrètes dudit quartier les désignations les moins prosaïques. C'est ainsi que le nom d'Alfred de Vigny indique la maison du berger, celui de Musset le refuge d'une nuit d'excès, Victor Hugo le couvent de Fantine ; Mistral même guide ces messieurs que, dans ces parages hospitaliers, un bon vent amène.

Épatante, la vieille gonzesse ! Si jamais Renaud passe par Béziers, je m'engage fort à ne pas oublier de visiter cette curiosité que Bædeker omet. Vous l'y autoriserez, indulgente Claudine, — à charge de revanche —, d'autant plus que rien n'oblige, après avoir conversé avec la comtesse, à prendre langue avec ses pensionnaires ; dans ce chaud climat, on recommande la flanelle.

Quelque soixante ans, des cheveux blancs roulés en bourrelets aux tempes, une chaîne d'or au cou, des lunettes chevauchant son nez bourbonnien, Mme la comtesse, assise près de la cheminée dans un grand fauteuil de velours rouge, m'accueillit avec une distinction toute aristocratique, de douairière les fagots ; d'un geste noble, après que Jean de Katorzeur m'eut nommé, elle m'indiqua un siège et (ce que c'est que la gloire !), elle témoigna que mon nom ne lui était pas inconnu.

— Ah ! Maugis ? articula-t-elle lentement, Maugis est un écrivain célèbre ; et il veut entendre l'œuvre de notre grand, de notre cher Saint-Saëns. Nous sommes si artistes à Béziers, si artistes !

— Tu,... vous parlez, Madame, fis-je avec déférence.

— Moi, monsieur Maugis, j'adore la musique de Saint-Saëns... je ne mets rien au-dessus.

Je redoutai que la comtesse me barbât exagérément ; la critique musicale, j'en vends ; celle des autres me donne des vents ; pour le signifier nettement à cette digne femme, je syllabai, calme :

— Oh ! moi, vous savez, pourvu que mon ventre n'ait pas de plis, je me fous de tout le reste !

Elle ne parut point choquée et sourit un peu, toujours grande dame :

— J'admire le pittoresque du langage de Maugis, et je devine qu'il souhaite présentement la société de quelque jeune femme aimable et jolie...

— Justement.

— Je vais vous envoyer cela... Vous restez, M. de Katorzeur ?

Le Serbe m'interrogea du regard :

— Mon cher, lui dis-je, je ne vous retiens pas : vous ne me seriez d'aucune utilité.

La comtesse se leva, salua, et sortit en frétillant mollement du croupion, suivie de Katorzeur ; l'instant d'après, deux hétaïres vinrent m'offrir leurs services : Juliette était blonde, Carmen brune. J'hésitai : serais-je Roméo ou don José ? Je fus l'un et l'autre — c'est comme j'ai l'honneur de vous le dire !

Le lendemain, ah ! le lendemain, ce fut moins gai. Réveillé trop tard, je dus m'habiller à la six-quat'-deux (Calliope dit « à la soixante-neuf », c'est plus pittoresque), puis il fallut, faute de sapin, monter dans une tapissière hostile aux fessiers, avaler la poussière d'une route en ventre d'âne, et ce furent, sous un cochon de soleil qui « s'était mis de la partie » — la rosse ! — les Arènes où 12595 méridionaux transpiraient, tels un secret mal gardé.

Dessalé comme je suis, je sus tout de même trouver un coin d'ombre derrière le postère, copieux, d'une vigneronnesse, et je me rinçai le cristallin en contemplant le décor de Jambon et Bailly. Un chouette décor, sans flan : le propre palais qu'habita Artaxerxès Mnemon « en 401 avant Jésus-Christ », précise le programme : c'est ça qui ne nous rajeunit pas. Des frises d'émail bleu turquoise, des lions ailés, et des colonnes, et des portiques, et des jardins en terrasse, de petits gredins, de hauts gradins, de vieux gradés (pages, escaliers, capitaines), oh ! des escayers surtout, en veux-tu en voilà : le pauvre pipelet qui s'envoyait le balayage de ça, tous les matins, ne devait pas trouver le temps de se les chauffer au soleil. Lacune mesquine qui surprend dans une si luxueuse installation : pas d'ascenseur.

Les trois coups — je ne sais pas pourquoi je pense à la comtesse — des appels de trompette ; Paul Viardot, chef d'orchestre grassouillet, lève une baguette impérieuse, *Parysatis* sévit.

Ah ! nom de Dieu ! qu'est-ce que j'ai bien pu faire au ciel pour endurer ce supplice ? Je sais bien, je ne possède point toutes les vertus d'un Louis de Gonzague : je suis un peu porté sur ma bouche et sur celle des femmes : j'ai mérité pour le moins vingt ans de purgatoire et dix ans d'interdiction de séjour, mais pas ça ! Seigneur, pas ça !

Oyez : Parysatis, c'est la mère d'Artaxerxès, qui exerce le métier de roi de Perses (tout le monde ne peut pas être président de la République) ; elle a un autre lardon, Cyrus, qu'elle porte dans ses petits boyaux et qui, naturellement, conspire contre son monarque de frère. Ça ne lui réussit pas, au frangin, il est battu et tué à Cunaxa, en même temps que ce bassin de Xénophon. Dans les bagages du défunt, on dégote une esclave grecque nommée Cora Laparcerie, dont le rôle est tenu par une actrice célèbre nommée Aspasie. Indéniablement gironde, cette Cora avec son air de Tanagra un peu « forci », de Tanagra... double, donne dans l'œil au même Darius, fils d'Artaxerxès, qui s'emballe à fond sur elle quoiqu'elle ait pagnotté avec feu son oncle : il veut coucher sous la lente, ce loupiot vicieux ! Quand à elle, elle ne demande qu'à marcher. Mais voilà qu'Artaxerxès entend lui aussi, se l'appuyer : Aspasie rouspète ; alors. Artaxerxès tue Darius — ça va de soi ; vous croyez peut-être qu'il va pouvoir enfin coucher avec Aspasie ? des nèfles ! elle s'occit, la roublarde !

Et Parysatis, dans tout ça, qu'est-ce qu'elle fabrique ?

Parysatis, hé bien ! elle donne son nom à la pièce — joli cadeau à faire à une tragédie — ; en outre, quand le décès d'Aspasie porte à trois le nombre des macchabées, elle fait un foin de tous les diables et devient tellement insupportable qu'Artaxerxès, l'expulse, comme une congrégation ; en parlant, la vieille râleuse lâche un mot historique : « Voilà la royauté qui passe ». Un point, c'est tout. Confectionner de la bonne musique sur un sujet pareil, ça me paraît aussi impossible qu'à une chèvre de se curer les dents avec sa corne gauche.

Je ne veux pas évaluer sous combien de centaines de pieds de matières excrémentielles j'aimerais mieux être enfoui que d'ouïr une seconde fois ce drame fuligineux dont la perpétration emplit Mme Jane Dieulafoy d'un vésanique orgueil. Ah ! elle n'est pas difficile, l'exploratrice, et elle peut se vanter de joindre un fichu brin de plume à sa pioche d'archéologue ! Sans charrier, Ponson du Terrail m'apparaît un styliste exceptionnel auprès de cette authoress qui découvre, avec le même ravissement que si elle exhumait un autre palais antique, les larmes « qui coulent amères », les visages « chargés de soucis », la jeunesse et la gloire « qui sèchent comme l'herbe » : Parysatis, interrompant une a scène de pelotage entre Darius et Laparcerie « effarouche tout un vol de baisers » ; la même, résolue à jouer de ruse avec Artaxerxès, décrète :

« À la peau du serpent, il faut coudre celle du renard. » Mince de stoppage ! Et quant à cette autre peau d'Aspasie, incertaine, à l'entendre, si elle a « touché le fond de la douleur » elle est du moins sûre, compensation point moche, d'avoir « atteint la cime de la félicité ». Oh ! la, la ! Oùs qu'est mon alpenstock ?

Et cette prose, putride comme celle d'Hanry Ner, est piquée de vers tels que le plus vétuste roquefort lui-même s'en détournerait, pris de nausées. Pigez ce chœur de gonzesses expectantes, qu'on croirait torché par son Son Insolence Perilhou-le-Baveux :

> *Depuis trois mois déjà notre vaillante armée.*
> *(À la victoire accoutumée),*
> *Fière de prendre son essor,*
> *À quitté Suse aux portes d'or...*
> *Nous attendons toujours près des hautes murailles*
> *Nos valeureux guerriers qu'enivrent les batailles.*

Le même lyrisme purotin s'exalte dans les strophes où des chasseurs célèbrent Darius parce que cet éphèbe, qui n'aime pas rester inactif, a profité de l'entrée du corps de ballet pour aller tuer un léopard. Pan ! une flèche dans l'œil !...

> *Le monstre bondit, rugissant :*
> *C'était du feu, c'était du sang*
> *Qui jaillissaient de ses prunelles.*
> *Mais alors deux flèches nouvelles*
> *Volèrent, et le léopard*
> *Tomba percé de part en part.*

Nom d'un pétard ! nom d'un pétard !

Ce fut, d'ailleurs, la seule joie de la pièce, ce léopard ; une carpelle de 5 fr. 95 au dos d'un canasson étique représentait la dépouille de ce fauve de façon cocassement piteuse, et j'éprouvai un instant, à contempler cette descente de lit pour meublés à vingt sous la passe, la même allégresse que j'avais connue, l'an passé, quand le salé, qui représentait le vautour prométhéen s'était écrié, suintant d'angoisse : « Mamin, pipi ! »

Cette figuration, nombreuse, décharde et ridicule : ces cavaliers, ces mages, ces satrapes, ces immortels (j'en ai compté plus de quarante), ces captifs, ces piqueurs, avec leurs coiffures en forme de tourtes — symbolisme ingénu —, avec leurs robes d'indienne et leurs sarraux blancs qui laissaient passer des pantalons effrangés et des godillots pas cirés, tout ça, c'était sale, et ça tenait de la place ; aggravé de bassets qui jouaient faux et d'instrumentistes qui aboyaient, ça faisait un boucan pas ordinaire.

Entre nous, Aspasie Laparcerichepin, fût-elle sans voiles, m'exciterait plus que le général André, fût-il en grande tenue ; elle sait accrocher ses bras purs, le plus câlinement du monde, au cou d'Odette de Fehl, encore qu'un jobard du *Monde musical* ait constaté chez elle un manque de sincérité dans la passion, ajoutant, poire bénie : « La passion ne peut être sincère quand on travestit le sexe de l'amant... » (Hein, Claudine, quelle hé-Rézi !) En tous cas, je la gobe quand elle soulève les rideaux de sa litière parmi les glissandos des harpes (qui, sans pédales, ô Lyon, m'eussent plu davantage), cependant qu'une flûte enroule des spirales d'extase (*mode hypophrygien*).

L'entrée de Parysatis n'est pas de la moucherie de pauvre, surtout quand le rythme solennel des cymbales vient la scander lentement (*mode hypodorien*).

Quant au machin dit « Le Rossignol et la Rose », je me relèverai la nuit pour en rire. Comme musique, c'est des gargouillades plutôt coco, mais quel ruissellement de poésie ! Allumez... le rossignol sopranise : « Ah !... ah !... ah !... » Alors le chœur y répond : « Ha !... Ha !... Ha !... » N'est-ce pas, on en mangerait sur du pain ! (*mode hypolydien*).

Mon meilleur souvenir musical c'est une énorme choriste, rouge comme une nuit de noce, moustachue comme van Waefelghem, massive et carrée comme une tour de la cathédrale Saint-Nazaire (*mode hippopotame*).

Telles sont les réflexions dignes, justes, équitables et salutaires que m'inspire *Parysatis*, collection de réminis (saint) saëns... En voilà un musico qui se connaît soi-même !... Sans être aussi crevant que les compositions au chloral du sommifère Georges Hüe, son machin persan ne m'emballe pas. C'est bien fait, c'est froid, c'est lisse ; on dirait le derrière de la Rose-Chou.

La petite fête se termina par le spectacle de trois messieurs, apparus sur la scène aux acclamations d'un peuple en délire, et qui, effrontément, s'embrassèrent : ces trois fantaisistes, c'étaient M. Castelbon de Beauxhôtes, Saint-Saëns et... Mme Dieulafoy. Ben, mon cochon !

Après le dîner, j'ai rencontré Pierre Lalo qui, camaro de Durand, l'éditeur à Saint-Saëns, inclinait vers l'indulgence : « En somme, vaselinait-il, ça vaut mieux que d'aller au... » — J'ai répondu fermement : « Je ne trouve pas ! » — et je suis retourné chez la comtesse, dans l'immeuble riant qu'elle sut aménager avec le confort moderne (Eau et garces à tous les étages).

C'est à cette débauche supplémentaire que vous devez une lettre pour laquelle je vais cracher au moins vingt et un sous de port : mes reins, un peu affaiblis, eussent malaisément supporté la trépidation de l'express et j'ai retardé mon départ de vingt-quatre heures ; alors, gagné par cette furie de meurtre qui détermina le fâcheux Artaxerxès à tuer son frère, puis son fils, j'ai voulu tuer le temps : de là cette relation — longuette.

Je baise, Claudine, vos mains que je devine expertes. Dites à Renaud qu'il vous continue ses sages conseils, sans lesquels vous bafouilleriez incontestablement dans le choix de vos amies.

Balancez-vous entre le désir des brunes sveltesses d'Annie, ou le souvenir de Rézi, viennoise potelée ? À votre place je n'hésiterais pas... C'est la grasse que je vous souhaite !

Henry MAUGIS.

Une mauvaise fatigue assombrit cette heure claire. Qu'avait-on besoin de me rapprocher de ces gens-là, de ces jours-là ? Je relis la lettre de Claudine, et sa malencontreuse sollicitude ravive en moi des images effacées, à travers lesquelles je regarde fixement, sans bien voir, l'enveloppe carrée et l'écriture raide d'Alain... Dakar, Dakar... où donc ai-je vu ce nom-là, inscrit en noir dans un petit rond ? Pourquoi Dakar ? La dernière fois, c'était Buenos Aires...

Avec un cri, je sors de ma brume. Dakar ! Mais il revient, il est en route, il se rapproche, il sera ici demain, tout à l'heure !... Voilà donc ce que couvait le calme de cette matinée ? Mes mains maladroites déchirent la lettre avec l'enveloppe, l'écriture si nette tremble devant mes yeux... Je lis à peu près : « Ma chère Annie... enfin... le retour... rencontre de nos amis X... qui voyagent en touristes... me retiennent... affaire de dix jours... trouver la maison prête, Annie heureuse... »

Dix jours, dix jours ! Le sort ne m'accorde pas davantage pour réfléchir. C'est peu. Ce sera assez.

— Léonie :

— Madame ?

Elle tient trois chatons nouveau-nés dans son tablier levé, et m'explique, pour s'excuser, en riant :

— C'est que je vas les noyer.

— Faites vite, alors. Les malles, le sac de toilette, tout cela bouclé pour l'express de cinq heures. Nous rentrons à Paris.

— Encore !

— Ça vous gêne ? Je serais désolée de vous imposer une minute de plus un service qui contrarie vos goûts.

— Je ne disais pas ça, Madame...

— Dépêchez-vous, Monsieur m'annonce son retour.

Je l'entends, au premier étage, se venger sur les tiroirs de commode et les serrures des placards...

Tous ces cartons, tous ces paquets ! Une odeur composite flotte, de cuir neuf, de papier noir goudronné, de laine rude et non portée, de bitume aussi, à cause du grand manteau imperméable. J'ai bien occupé mon temps depuis mon retour précipité. On n'a vu que moi chez le bottier, le tailleur, le chapelier... Je parle comme un homme, mais la faute en est à la mode, plus qu'à moi.

En cinq jours je me suis commandé et fait livrer tant, tant de choses ! J'ai gravi tant d'étages, mandé tant de fournisseurs à faces de domestiques enrichis, enlevé tant de fois ma jupe et mon corsage, bras nus et frissonnants sous les doigts froids des « premières », que la tête me tourne. N'importe, cela est bon. Je me secoue par le collet.

Assise, un peu étourdie, j'admire mes trésors. Les beaux grands souliers lacés, plats et effilés comme des yoles, bas sur leurs talons anglais ! On doit marcher d'aplomb, longtemps, sur ces petits bateaux jaunes. Du moins, je le suppose. Mon mari préférait pour moi les talons Louis XV, plus « féminins »... Puisqu'il les préférait, je n'en veux pas ! Il n'aimerait guère non plus ce complet de bure rousse, pelage d'écureuil, dont la jupe en forme s'évase si net et si simple... Je l'aime, moi. Sa sobriété m'amincit encore, sa couleur fauve souligne le bleu de mes yeux, l'exagère jusqu'à faire venir l'eau sous la langue... Et ces gants masculins à piqûres, ce feutre correct, traversé d'une plume d'aigle !... Tant de nouveautés, tant de désobéissance me grisent, comme l'imprévu de cette chambre d'hôtel. Un hôtel très bien, à deux pas de la maison, — on ne dira pas que je me cache.

Sans souci de la vraisemblance, j'ai dit à Léonie « La maison a besoin de réparations urgentes, Monsieur me rejoindra à l'Impérial-Voyage. » Depuis, la pauvre fille vient ici tous les matins, pour prendre les ordres et se plaindre :

— Madame croirait-elle ? L'architecte n'est pas encore venu pour les réparations que Madame y a écrit.

— Pas possible, Léonie ! Au fait, il a peut-être reçu de Monsieur des instructions particulières ?

Et je la congédie, avec un sourire si bienveillant qu'elle s'intimide.

Fatiguée, j'attends l'heure du thé, caressant de l'œil seulement — parce qu'il m'impressionne quand je le touche — le plus beau de mes joujoux neufs, dont j'ai fait emplette tout à l'heure un petit revolver mignon, mignon, noir, qui ressemble à Toby... (Toby, je te prie de ne pas lécher ce carton verni ! Tu vas te faire mal au ventre !)... Il a deux crans de sûreté, six coups, une baguette, un tas d'affaires. Je l'ai acheté chez l'armurier d'Alain. L'homme qui me l'a vendu m'a soigneusement expliqué le mécanisme, en me regardant furtivement, d'un air fataliste, comme s'il pensait : « Encore une ! Quel malheur ! si jeune ! Enfin, il faut bien que je vende mes bibelots... »

Je suis bien. Je goûte un repos oublié depuis longtemps. Un choix assez sûr a meublé ce petit salon jaune et la chambre Louis XVI qui l'accompagne. Mon instinct irritable et dégoûté ne flaire pas ici les tapis sales, les capitonnages aux recoins inquiétants. La lumière glisse sur des meubles lisses, sur des boiseries mates d'un blanc gris tranquille. Un petit téléphone de service grelotte discrètement dans une paix de maison bien tenue. Quand je sors, un vieux monsieur en jaquette, qui trône dans le bureau, me sourit comme à sa fille... La nuit, je dors des heures, sur les bons matelas fermes et carrés.

Je rêve une minute que je suis une mûre demoiselle anglaise, paisible et sèche, et que j'ai pris pension dans un *family* très chic...
« Toc-toc-toc... »
— Entrez !
« Toc-toc-toc... »
— Entrez donc, je vous dis...
La petite femme de chambre drôlette passe son museau de souris.
— C'est le thé, Marie ?
— Oui, Madame, et une visite pour Madame.
— Une visite !
Je bondis sur mes pieds, tenant encore par les lacets un de mes souliers jaunes. Le museau de souris s'effare :
— Mais oui, Madame ! c'est une dame.
(Je tremble, mes oreilles bourdonnent.)
— Vous êtes sûre que... que c'est une dame ?
Marie éclate de rire comme une soubrette de comédie ; je l'ai mérité.
— Vous avez dit que j'étais là ?... Faites monter.
Appuyée à la table, j'attends, et cent sottises tourbillonnent dans ma cervelle... Cette dame, c'est Marthe, et Alain la suit... Ils vont me prendre... Je regarde follement le joujou noir...
Un pas frôle le tapis... Ah ! mon Dieu, c'est Claudine ! que je suis contente, que je suis contente !
Je me jette à son cou avec un tel « Ah ! » de délivrance qu'elle s'écarte un peu, étonnée.

— Annie... qui attendiez-vous ?

Je presse ses mains, je passe mon bras sous le sien, je la pousse vers le canapé de canne dorée avec des gestes nerveux qu'elle écarte doucement, comme inquiète...

— Qui j'attendais ? Personne, personne ! Ah ! que je suis heureuse que ce soit vous !

(Un soupçon assombrit ma joie) :

— Claudine... on ne vous envoie pas ? vous ne venez pas de la part de... ?

Elle lève ses sourcils déliés, puis les fronce d'impatience :

— Voyons, Annie, nous avons l'air de jouer la comédie de société... vous surtout ! Qu'est-ce qui se passe ? Et que craignez-vous ?

— Ne vous fâchez pas, Claudine. C'est si compliqué !

— Croyez-vous ? C'est presque toujours si simple !

Docile je ne la contredis point. Elle est jolie, comme toujours, à sa manière, mystérieuse sous son chapeau noir enguirlandé de chardons blancs et bleus, toute en yeux et en cheveux bouclés, le menton ironique et pointu...

— Je veux tout vous dire, Claudine... Mais d'abord, comment saviez-vous que je suis ici ?

(Elle lève le doigt) :

— Chut !... Il faut remercier une fois de plus le Hasard, avec un H majuscule, Annie, le Hasard qui me sert, à moins qu'il ne me commande... Il m'a conduite au magasin du Louvre, qui est un de ses temples, puis sous les arcades du Théâtre-Français, non loin d'un armurier connu, où une petite créature mince, aux yeux brûlants et bleus, achetait...

— Ah ! c'est pour cela...

(Elle aussi, elle a eu peur. Elle a cru... C'est gentil, mais un peu naïf. Je souris en dessous.)

— Quoi, vous pensiez... Non, non, Claudine, ne craignez rien ! On ne fait pas, comme ça, pour un oui, pour un non...

— ... Parler la poudre... D'ailleurs votre raisonnement est faux, c'est le plus souvent, pour un oui, pour un non, au contraire...

Elle se moque, mais tout mon cœur se gonfle de gratitude envers elle, non pas pour sa crainte un brin feuilletonesque de tout à l'heure, mais parce qu'en elle, en elle seule, j'ai rencontré la pitié, la loyauté, la tendresse un instant fougueuse, tout ce que m'a refusé ma vie...

Elle me parle dur et me regarde tendre. Le malaise perce sous la raillerie. Elle n'est pas bien sûre de ce qu'il faut m'ordonner. C'est un petit médecin ignorant, intelligent et superstitieux, un rebouteux un peu devin, mais sans expérience... Je sens tout cela et me garderai de le lui dire. Il est trop tard pour changer mes habitudes...

— Ça n'est pas dégoûtant du tout, cet immeuble, constate Claudine en regardant autour d'elle. Ce petit salon est drôle.

— N'est-ce pas ? Et la chambre, tenez... Ça ne sent pas l'hôtel.

— Ma foi non, on dirait plutôt une chouette maison de... oui, passez-moi l'expression, une maison de rendez-vous.

— Ah ? je n'en sais rien.

— Ni moi non plus, Annie, répond-elle en riant. Mais on m'a fait des descriptions.

Cette révélation me laisse songeuse : « Une maison de... » La rencontre est ironique, pour une femme qui n'attend personne !

— Prenez du thé, Claudine.

— Bouac, qu'il est fort ! Beaucoup de sucre au moins. Ah voilà Toby ! Toby charmant, ange noir, crapaud carré, front de penseur, saucisson à pattes, gueule d'assassin sentimental, mon chéri, mon trésor !...

La voilà redevenue tout à fait Claudine, à quatre pattes sur le tapis, son chapeau tombé, embrassant le petit chien de toutes ses forces. Toby, qui menace tout le monde de ses dents inégales et solides, Toby charmé se laisse rouler par elle comme une pelote...

— Fanchette va bien ?

— Toujours, merci. Elle a eu encore trois enfants, croyez-vous ! Ça lui en fait neuf cette année. Je l'écrirai à M. Piot... Des enfants indignes, du reste, grisâtres, mal marqués, fils du charbonnier ou du blanchisseur... Mais quoi, ça lui fait du bien.

Elle boit sa tasse de thé à deux mains comme une petite fille. Ainsi, au Jardin de la Margrave, elle tint, renversée une minute, une seule minute, ma tête à la dérive...

— Claudine...

— Quoi ?

(Ressaisie je veux me taire.)

— Rien...

— Rien quoi, Annie ?

— Rien... de nouveau. C'est à vous de me questionner.

Ses yeux de collégien malicieux redeviennent des yeux de femme, pénétrants et sombres :

— Je le puis ? Sans restriction ?... Bon ! Votre mari est revenu ?

Assise près d'elle, je baisse les yeux sur mes mains croisées, comme au confessionnal :

— Non.

— Il revient bientôt ?

— Dans quatre jours.

— Qu'est-ce que vous avez décidé ?

(J'avoue tout bas) :

— Rien.

(Elle s'étonne) :

— Rien ! Rien !

— Alors qu'est-ce que c'est que ce fourbi ?

Elle désigne, du menton, la malle, les vêtements, les cartons pêle-mêle... Je me trouble.

— Des babioles pour la saison prochaine.

— Oui-da ?

Elle m'inspecte d'un regard soupçonneux... Je n'y tiens plus. Qu'elle me blâme, mais qu'elle ne suppose pas une escapade indigne, je ne sais quel ridicule enlèvement... Vite, vite, je parle, je raconte une histoire décousue :

— Écoutez... Marthe m'a dit, là-bas, qu'Alain, avec Valentine Chessenet...

— Ah ! la rosse !

— Alors, je suis venue à Paris, j'ai... j'ai démoli à peu près le bureau d'Alain, j'ai trouvé les lettres.

— Très bien !

Les yeux de Claudine pétillent, elle tord un mouchoir. Encouragée, je m'emballe...

— ... et puis j'ai tout laissé par terre, les lettres, les papiers, tout... il les trouvera, il saura que c'est moi... seulement, je ne veux plus, je ne veux plus, vous comprenez, je ne l'aime pas assez pour rester avec lui, je veux m'en aller, m'en aller, m'en aller...

Je suffoque de larmes et de hâte, levant la tête pour chercher l'air. Claudine embrasse délicatement mes deux mains, et demande à voix très douce :

— Alors... c'est le divorce que vous voulez ?

(Je la regarde, hébétée comme si elle m'avait battue) :

— Le divorce... pour quoi faire ?

— Comment ? Elle est extraordinaire ! Mais voyons, puisque vous ne voulez plus vivre avec lui ?

— Bien sûr. Mais est-ce que c'est nécessaire, le divorce ?

— Dame, c'est encore le plus sûr moyen, sinon le plus court. Quelle enfant !

(Je n'ai pas le cœur à rire. Je m'affole peu à peu) :

— Mais comprenez donc que je ne voudrais pas le revoir ! j'ai peur, moi !

— C'est bravement dit. Peur de quoi ?

— De lui... qu'il me reprenne, qu'il me parle, peur de le voir... Il sera peut-être très méchant...

(Je frissonne.)

— Ma pauvre petite ! murmure Claudine tout bas, sans me regarder.

(Elle semble réfléchir très fort.)

— Qu'est-ce que vous me conseillez, Claudine ?

— C'est difficile. Je ne sais pas très bien, moi. Il faudrait demander à Renaud...

(Terrifiée, je crie) :

— Non. À personne, personne !

— Vous êtes bien déraisonnable, mon petit. Voyons... Avez-vous pris les lettres de la dame ? me demande-t-elle tout à coup.

— Non, avoué-je un peu interloquée. Pourquoi faire ? Elles ne m'appartiennent pas.

— En voilà une raison ! (Et Claudine hausse les épaules, très méprisante). Et, zut ! je ne trouve rien. Avez-vous de l'argent ?

— Oui... Tout près de huit mille francs. Alain m'en avait laissé beaucoup.

— Je ne vous demande pas ça... De l'argent à vous, une fortune personnelle ?

— Attendez... trois cent mille francs de dot, et puis, cinquante mille francs liquides, que m'a laissés, il y a trois ans, grand-mère Lajarisse.

— Ça va bien, vous ne mourrez pas. Ça ne vous fait rien, pour plus tard, que le divorce soit prononcé contre vous ?

(Je réponds par un geste hautain.)

— Moi aussi, dit drôlement Claudine. Eh bien mon cher petit... partez.

(Je ne bouge pas, je ne dis rien.)

— Ma consultation, mon ordonnance ne vous font pas pousser des cris d'enthousiasme, Annie ? Je comprends ça. Mais je suis au bout de mon rouleau et de mon génie.

Je lève sur elle mes yeux noyés de nouvelles larmes, je lui montre sans parler la malle, les rudes vêtements, les longues chaussures, le manteau imperméable, tout ce puéril appareil de globe-trotter, acheté ces jours derniers. Elle sourit, son regard prenant se voile :

— Je vois, je vois. J'avais vu tout de suite. Où allez-vous, mon Annie que je vais perdre ?

— Je ne sais pas.

— C'est vrai ?

— Je vous le jure.

— Adieu, Annie.

— Adieu... Claudine. (Je l'implore, pressée contre elle.) ... Dites-moi encore...

— Quoi, ma chérie ?

— Qu'Alain ne peut pas me faire du mal, s'il me rattrape ?

— Il ne vous rattrapera pas. Du moins, pas tout de suite. Vous verrez avant lui des gens déplaisants, qui tripoteront des papiers, puis ce sera le divorce, le blâme sur Annie, et la liberté...

— La liberté... (j'ai parlé à voix imperceptible, comme elle). La liberté... est-ce très lourd, Claudine ? Est-ce bien difficile à manier ? ou bien sera-ce une grande joie, la cage ouverte, toute la terre à moi ?

Très bas, elle répond en secouant sa tête bouclée :

— Non, Annie, pas si vite... Peut-être jamais... Vous porterez longtemps la marque de la chaîne. Peut-être, aussi, êtes-vous de celles qui naissent courbées ?... Mais il y a pis que cela. Je crains...

— Quoi donc ?

Elle me regarde en face. Je vois luire dans leur beauté les yeux et les larmes de Claudine, petites larmes suspendues, yeux dorés qui m'ont refusé leur lumière...

— Je crains la Rencontre. Vous le rencontrerez, l'homme qui n'a pas croisé encore votre chemin. Si, si, répond-elle à mon geste de révolte, celui-là vous attend quelque part. C'est juste, c'est inévitable. Seulement, Annie, ô ma chère Annie, sachez bien le reconnaître, ne vous trompez pas, car il a des sosies, il a des ombres multiples, il a des caricatures, il y a, entre vous et lui, tous ceux qu'il faut franchir, ou écarter...

— Claudine... si je vieillissais sans le rencontrer ?

Elle lève son bras gracieux, dans un geste plus grand qu'elle-même :

— Allez toujours ! Il vous attend de l'autre côté de la vie !

Je me tais, respectueuse de cette foi dans l'amour, un peu fière aussi d'être seule, ou presque seule, à connaître la vraie Claudine exaltée et sauvage comme une jeune druidesse.

Ainsi qu'à Bayreuth, me voici prête à lui obéir dans le bien et dans le mal. Elle me regarde, avec ces yeux où je voudrais retrouver l'éclair qui m'éblouit au jardin de la Margrave...

— Oui, attendez, Annie ? Il n'est peut-être pas d'homme qui mérite... tout cela.

Son geste effleure en caresse mes épaules et je m'incline vers elle, qui lit sur mon visage l'offre de moi-même, l'abandon où je suis, et les paroles que je vais dire... Elle appuie vivement sur ma bouche sa main tiède, qu'elle pose après sur ses lèvres, et qu'elle baise.

— Adieu, Annie.

— Claudine, un instant, rien qu'un instant ! Je voudrais... je voudrais que vous m'aimiez de loin, vous qui auriez pu m'aimer, vous qui restez !

— Je ne reste pas, Annie. Je suis déjà partie. Ne le sentez-vous pas ? J'ai tout quitté... sauf Renaud... pour Renaud. Les amies trahissent, les livres trompent. Paris ne verra plus Claudine, qui vieillira parmi ses parents les arbres, avec son ami. Il vieillira plus vite que moi, mais la solitude rend les miracles faciles, et je pourrai peut-être donner un peu de ma vie pour allonger la sienne...

Elle ouvre la porte, et je vais perdre ma seule amie... Quel geste, quel mot la retiendraient... ? N'aurais-je pas dû... ? Mais déjà, la porte blanche a caché sa sveltesse sombre et j'entends décroître sur le tapis le frôlement léger qui m'annonça tout à l'heure sa venue... Claudine s'en va !

*J*e viens de lire la dépêche d'Alain. Dans trente-six heures, il sera ici, et moi... Je prends ce soir le rapide de Paris-Carlsbad, qui nous conduisit jadis vers Bayreuth. De là... je ne sais encore. Alain ne parle pas allemand, c'est un petit obstacle de plus.

J'ai bien réfléchi depuis avant-hier, ma tête en est toute fatiguée. Ma femme de chambre va s'étonner autant que mon mari. Je n'emmène que mes deux petits amis noirs : Toby le chien, et Toby le revolver. Ne serai-je pas une femme bien gardée ? Je pars résolument, sans cacher ma trace, sans la marquer non plus de petits cailloux... Ce n'est pas une fuite folle, une évasion improvisée que la mienne ; il y a quatre mois que le lien, lentement rongé, s'effiloche et cède. Qu'a-t-il fallu ? Simplement que le geôlier distrait tournât les talons, pour que l'horreur de la prison apparût, pour que brillât la lumière aux fentes de la porte.

Devant moi, c'est le trouble avenir. Que je ne sache rien de demain, que nul pressentiment ne m'avertisse, Claudine m'en a trop dit déjà ! Je veux espérer et craindre que des pays se trouvent où tout est nouveau, des villes dont le nom seul vous retient, des cieux sous lesquels une âme étrangère se substitue à la vôtre... Ne trouverai-je pas, sur toute la grande terre, un à peu près de paradis pour une petite créature comme moi ?

Debout, de roux vêtue, je dis adieu, devant la glace, à mon image d'ici. Adieu, Annie ! Toute faible et vacillante que tu es, je t'aime. Je n'ai que toi, hélas, à aimer.

Je me résigne à tout ce qui viendra. Avec une triste et passagère clairvoyance, je vois ce recommencement de ma vie. Je serai la voyageuse solitaire qui intrigue, une semaine durant, les tables d'hôte, dont s'éprend soudain le collégien en vacances ou l'arthritique des villes d'eaux... la dîneuse seule, sur la pâleur de qui la médisance édifie un drame... la dame en noir, ou la dame en bleu, dont la mélancolie distante blesse et repousse la curiosité du compatriote de rencontre... Celle aussi qu'un homme suit et assiège, parce qu'elle est jolie, inconnue, ou parce que brillent à ses doigts des perles rondes et nacrées... Celle qu'on assassine une nuit dans un lit d'hôtel, dont on retrouve le corps outragé et sanglant... Non, Claudine, je ne frémis pas. Tout cela c'est la vie, le temps qui coule, c'est le miracle espéré à chaque tournant du chemin, et sur la foi duquel je m'évade.

Colette

ISBN E-BOOK : 9782384554812
ISBN BROCHÉ : 9782384554829
ISBN RELIÉ : 9782384554836

COLETTE

CLAUDINE À PARIS

ISBN E-BOOK : 9782384554843
ISBN BROCHÉ : 9782384554850
ISBN RELIÉ : 9782384554867

ISBN E-BOOK : 9782384554904
ISBN BROCHÉ : 9782384554911
ISBN RELIÉ : 9782384554928

ISBN E-BOOK : 9782384554966
ISBN BROCHÉ : 9782384554973
ISBN RELIÉ : 9782384554980

COLLECTION CLAUDINE

~

Copyright © 2025 by Alicia ÉDITIONS

Credits : www.canva.com ; Alicia Éditions

Photographie de Colette 1910, anonyme, https://commons.wikimedia.org/wiki/File:Colette_-_photographie.jpg

Signature de Colette, https://commons.wikimedia.org/wiki/Category:Colette#/media/File:Colette_Signatur_1929.jpg

ISBN E-BOOK : 9782384554935

ISBN BROCHÉ : 9782384554942

ISBN RELIÈ : 9782384554959

Tous droits réservés.

Aucune partie de ce livre ne peut être reproduite sous quelque forme ou par quelque moyen électronique ou mécanique que ce soit, y compris les systèmes de stockage et de récupération de l'information, sans l'autorisation écrite de l'auteur, à l'exception de l'utilisation de brèves citations dans une critique de livre.

www.ingramcontent.com/pod-product-compliance
Lightning Source LLC
LaVergne TN
LVHW032012070526
838202LV00059B/6415